オーダーは探偵に
失われた絆にひとしずくの謎解きを
近江泉美
イラスト◎おかざきおか
JN178662

Contents

目次

デザイン◎荻窪裕司

近江泉美

イラスト◎おかざきおか

プロローグ

軽井沢の林道は闇に包まれていた。薄曇りの空に月が溶け、涙の痕のように滲んでいる。色のない世界で、網膜に残るリムジンのテールランプが赤く線を残した。

小野寺美久は道路にへたり込んだ。十一月の寒さもアスファルトの氷のような冷たさも意識に上らない。今し方起きた出来事が、ただただ信じられなかった。


お前はクビだ。二度と俺の前に現れるな。

上倉悠貴は冷め切った目で告げ、去っていった。

なんの前触れもなく、なんの説明もなく。

「小野寺さん」

闇に声が染み渡る。現実のものかわからず呆けていると、一筋の光が美久を照らした。転んだ時だろう、美久の衣服には土と落ち葉がついていた。靴の片方もどこかへ消えている。

懐中電灯を手にした上倉真紘が道路に座る美久を見つけ、驚きの表情を浮かべた。

その顔を見たとたん、美久は声を上げていた。

「真紘さん！」

真紘は金縛りが解けたように美久に駆け寄った。

「けがは？」

問われたが、それどころではない。真紘は悠貴が見知らぬ車に乗り込んで去ったことを知らない。唯一の肉親である弟が消えてしまったのだ。

「大変なんです、今さっき」

「足を痛めてるね」

「そんなことどうでもいいんです！　悠貴君が！」

「悠貴は時ヶ瀬に戻ったよ」

「えっ？」

「もう帰ってこない」

落ち着き払った様子に美久は困惑した。

ダニエルとの推理対決を言っているのだろうか。対決に敗れたら悠貴は時ヶ瀬に戻る約束になっていた。名ばかりの実家で、確執のある家に。

だが悠貴は勝った。時ヶ瀬に行く必要などない。

そう伝えようとした時、先に真紘が口を開いた。

「軽井沢に来る前からそう決めていたんだ。推理対決の勝敗に関わらず」

美久は目を瞬いた。真紘が何を言っているのか、わからなかった。

「それ……どういう」

「ごめん、触るよ」

鋭い痛みが右足首に走り、美久は息を詰めた。

真紘は慎重に美久の足首を伸ばし、ゆっくりと戻した。

「冷やして様子を見たほうがいい。歩けそう？」

「待ってください。決まってたってなんですか、どうして悠貴君が時ヶ瀬に？　もう帰ってこないってどういう意味ですか!?」

「………この件に関して、俺は何も言えない」

苦悩や悲しみの色があれば、追及することもできたかもしれない。

しかし真紘は無表情だった。

なんの感情も見せまいとする決意が滲んでいるようで、美久は言葉を失った。

あとのことはよく覚えていない。真紘に半ば担がれるようにして依頼人の雨宮葵の屋敷に戻るとちょっとした騒ぎになったが、詮索されることはなかった。

悠貴は用事で一足先に軽井沢を離れ、美久は見送りの時に転んだと思われたようだ。ダニエルだけが怪訝な顔をした。

足は軽いねんざでアイシングとテーピングをして東京へ帰ることになった。

何もかもが他人事に思えた。どこかに置き忘れてしまったように気持ちがついてこない。タクシーから新幹線へ乗り換え、帰路につく。道中で覚えているのは車内灯がまぶしいと思ったことくらいだ。まもなく東京へ着くというアナウンスが流れた時、美久はぼんやりした心持ちのまま隣の座席に尋ねた。

「いつから知ってたんですか」

悠貴君が出ていくこと。

言葉にしなくとも何の話か通じたはずだ。その証拠に真紘は無言だった。

「どうして教えてくれなかったんですか？」

また答えがない。美久は顔を歪めた。真紘を責める気持ちがうずく。

きっと悠貴君から口止めされてるんだ――これまでの経験からおぼろげに事情を察しながらも、口を開いたら非難の言葉が出そうになる。こんなの、八つ当たりだ。

思いやりが深い分だけ美久の言葉は内にこもる。

何も言えないまま、新幹線は終着駅のホームへ滑り込んだ。

私鉄を最寄り駅で降りると、一緒に下車した真紘がタクシーを呼んだ。探偵業の出張中にけがをしたので徒歩では帰せないという。美久は固辞したが、真紘はタクシーの運転手に事情を伝え、おおまかな行き先と料金を預けた。

ぎくしゃくした空気でも気配りができる真紘は大人だ。ささくれた気持ちが邪魔をしてお礼を言えない自分を美久は恥ずかしく思った。

タクシーの後部シートに座る時も真紘は当たり前のように肩を貸してくれた。

「もし腫れが引かなかったら病院に行って。楽観視はしないこと、必ずだよ」

「心配かけてすみません。……ありがとうございました。お金は明日返します」

「うん、気をつけて」

きっと受け取ってもらえないだろうなとわかっていたが、押し問答をしてもしかたがない。このまま別れるかに思われたが、真紘がタクシーのドアに手をかけた。

ややあってから、真紘は低く囁(ささや)いた。

「嫌になったなら、喫茶店の仕事も辞めていいんだよ」

「え?」

「説明もなく探偵業を切って、カフェは手伝えなんて虫が良すぎる。これからどうするかじっくり考え——」

「辞めません」

考えるより先に言葉が口をついて出た。

「辞めろって言われても絶対に」

エメラルドを離れるなんて、毛の先ほども考えなかった。だいいち、美久が抜けては店をまわせない。

真紘は困ったような、泣き出しそうな表情になった。

「……ごめん、今のは俺がずるい。だけど覚えておいてほしい。選ぶ自由は小野寺さんにある」

ドアから離れる真紘は思い詰めた顔をしていた。

タクシーが動き出し、速度を上げる。美久は後部シートに身を沈めた。

どっと疲れを感じた。

一人になると緊張が緩み、麻酔から覚めたように痛みがひどくなった。足首が熱を帯び、ズキズキと痛む。鈍くなっていた心が動き出して悲鳴を上げた。痛くて痛くて胸が張り裂けそうだ。

「足のけが、ひどいんですか？」

気の良さそうな運転手がバックミラー越しに視線を送った。

「いえ、ひねっただけです。でも大人になって転ぶと思った以上に痛くて」

美久は微笑み、車窓に視線を投げた。堪え切れなかった涙が一粒、頬を伝った。

——お前はクビだ。二度と俺の前に現れるな。

耳に残る冷徹な声に胸が軋む。心が千切れたみたいだ。いっそ本当に千切れて、何も感じなければいいのに。

美久は窓に額を寄せ、飛ぶように過ぎる風景を眺めた。

§

十一月下旬。井の頭恩賜公園は紅葉のハイシーズンを迎えた。

池周辺の主役は燃えるようなモミジだ。鮮やかなモミジの赤とサクラとケヤキのつくる臙脂や黄のグラデーションが水面を彩り、これを目当てに多くの人が訪れる。

一方、珈琲エメラルドからほど近い西園側は、武蔵野の雑木林の面影を強く残す。コナラやクヌギは柔らかな枯れ色をして、大型の落葉樹から黄金色の葉が降る。落ち葉の積もる上水道は散策路として人気だ。

この時期は花見シーズンに負けず劣らず忙しい。混雑を見越して、真紘は臨時バイトを雇っていた。元依頼人で俳優の藤村健作だ。若い頃はお茶の間を賑わすテレビ俳優だったが、泣かず飛ばずの長い冬を過ごし、再起をかけている。

撮影で定時の仕事に就けない藤村にとってもエメラルドの仕事はありがたいようで、地域に愛されるウェイターとしての地位を確立しつつある。

慌ただしくも平穏な、エメラルドの日常。

しかし、そこに悠貴の姿はなかった。

混雑状況を確認しに裏口に立つことも、学校帰りにコーヒーを飲みに寄ることもない。この数日、二階の自宅にも帰っていないようだ。

美久は厨房で調理をしながら、先日の真紘との会話を思い出していた。

——悠貴は時ヶ瀬に戻ったよ。もう帰ってこない。

あれは軽井沢には戻らないって意味じゃない……？　一時的じゃなくて、二度とエメラルドや自宅に帰らないってこと？

まさか、と思う一方、不安が胸に広がった。何かが起きている。真紘の発言と悠貴を迎えに来た車がリムジンだったことを合わせれば、家族の問題なのは明らかだ。

悠貴の生い立ちは複雑だ。美久もすべて知っているわけではないが、悠貴と真紘は半分しか血が繋がっていないことや、悠貴の父親が時ヶ瀬グループのCEOだとは聞いている。愛人の子。以前、話してくれた時、真紘はそう呟いた。

立ち入りづらい事情に加え、軽井沢での別れが美久の口を重くした。

悠貴はにべもない冷ややかな目で吐き捨て、美久の前から去った。しかし関係ないと線を引けるほど浅い繋がりでもない。

客足が落ち着いたところで、美久はさりげなく真紘に尋ねた。

「悠貴君、ここには帰ってこないんですか？」

「そうだね」

「学校は？」

「時ヶ瀬の用意したマンションから通っているよ」

自宅ではなくマンション。微妙な距離を感じさせる場所に眉根が寄った。

「それは……悠貴君が小さい頃に寮で暮らしてたのと同じ理由ですか」

真紘は答えない。肝心な部分に近づくと真紘の口は重くなる。

美久が話を聞こうとするのは、これが初めてではなかった。この数日繰り返された光景だ。そして最後には決まって「この件について俺からは何も言えない」と真紘は口をつぐんでしまう。

今回もそうなるとわかっていたので美久は話をたたんだ。

「フレンチトースト、もうすぐできます」

手際よく皿に盛りつけながら、頭では別のことを考えていた。

やっぱり悠貴君と直接話さないと。

マンションの住所は知らない。仮に知っていて会いに行ったところで、悠貴に無視されそうだ。それなら行く場所は決まっている。


数日後の夕方、美久は悠貴の高校へ向かった。

慧星(けいせい)学園高校はエメラルドから十分とかからない距離にある。都内屈指の進学校で、ある事件をきっかけに広く一般にも知られるようになった。セキュリティが厳しく、事前申請がなければ学外の人間は門前払いという徹底ぶりだ。

美久は在校生の城崎百々花(じょうざきももか)に頼んで許可を取った。卒業生でもないのに、こんなに頻繁に出入りすることになろうとは考えもしなかった。

交流試合でもあったのか、正門前には他校の制服の生徒の姿がちらほらとあった。記帳をすませて守衛(しゅえい)に通してもらう。

「小野寺さーん」

校舎が見えてきたところで、昇降口に立つ男子生徒が手を振った。

見覚えのある顔だ。

「秋月君」

悠貴の同級生で、生徒会では書記長を務める。秋月颯太はにこりとした。

「元会長の命令でお迎えに上がりました。あっ、新会長には小野寺さんが来るって話してないから心配いらないよ」

新会長とは悠貴のことだ。来校を知られると逃げられるおそれがあったので、元生徒会会長——百々花に連絡した時に黙っておいてほしいと頼んだのだ。

「変なお願いしてごめんね。モモちゃんは？」

「なんか『七里先輩にいろいろバレて逃走中』らしいです。どうにか丸め込んで、あとで生徒会室に顔を出すって」

美久は笑みをこぼした。百々花も七里もあいかわらずのようだ。

「悠貴君は元気？」

「ますます王子様っすね」

ということは、学校だとふつうなんだ。

学園生活に異変がないか心配だったが取り越し苦労だったようだ。

もともと悠貴は猫かぶりだ。秋月や生徒会メンバーには多少本性を見せているが、複雑な家庭環境を知る者はいない。これまでどおり鉄壁の笑顔と優等生然としたふるまいで学校中を手玉に取っているのだろう。

考えながら生徒会室へ向かっていると、隣を歩く秋月が深い溜息(ためいき)を漏らした。

「はあああ、サプライズで会いにくるなんて、にくいなあ」

「え？」

「わかってるよ、会長が忙しいせいでしょ？　会議多くて外で会う時間が減っちゃったんだよね、くそっ青春め」

きょとんとする美久を後目(しりめ)に秋月は大いに嘆いた。

「こっちはクリスマスまでに彼女ができるかもあやしいのに！　逢(あ)い引(び)きの手伝いとか新手(あらて)の拷問だ、会長のヒトデナシ、悪魔、豆腐の角に頭ぶつけて記憶喪失になればいいんだ！」

「…………秋月君、誤解してる」

「ああ、隠さないでいいから余計に傷つくから！　せいぜい幸せな二人を眺めてやるんだっ」

ひどい誤解だが、説明のしようがない。

生徒会室は三階にある。教室の半分ほどの広さで、入り口を入ると南向きの窓から黄金色に燃える雲と青空が望めた。

悠貴は窓を背にしてひとり長机に向かっていた。

「戻りましたー」

秋月が声をかけると、悠貴は書類から目線も上げずに言った。

「遅い、職員室に書類を届けるのに三十分もかけるな。一年の書記が昨年度の選挙資料を探してたぞ。書式がわからないようだから明日書き方を教えてやれ」

「悠貴君」

美久の呼びかけに、ペンを持つ悠貴の手が止まった。

晩秋の風がカーテンを揺らすのを最後に、夕照の生徒会室から音が消えた。

悠貴が顔を上げ、美久に目をとめる。

ドラマチックな場面に秋月はにやにやしたが、美久は意識する余裕がなかった。

悠貴と会うのは一週間ぶりだ。こんなに長く会わなかったのは初めてだと、今さら気づいた。探偵業や喫茶店での仕事で、三日にあげず顔を合わせてきた。それが当たり前だと思っていた。

悠貴は美久を見つめ、低く言った。

「二度と俺の前に現れるなと言ったはずだ」

「うええ⁉」

秋月がすっとんきょうな声を上げたが、悠貴も美久も相手にしなかった。

「話を聞きに来たの。この前のこと、説明して」

「必要ない」

「あるよ！」

鋭い声が生徒会室に反響する。想像と違う展開に秋月は後退りした。

「えっと……おれ、邪魔みたいだから」

「邪魔なのは客のほうだ。帰ってもらえ」

悠貴の端整な顔が綻ぶ。完璧すぎる営業スマイルは怒りの裏返しだ。

秋月はひるんだが、美久は引かなかった。

「悠貴君、何があったの？」

「秋月、議事録をまとめるから準備しろ」

「ちょっ、おれを巻き込まないで……」

「気にしないで秋月君、私待つから。悠貴君から話を聞くまで帰らない」

その一言に悠貴の表情が険しくなる。

「迷惑だから帰れと言うのがわからないのか？」

「悠貴君がちゃんと答えてくれたら帰る」

「必要なことは伝えた」

「何も伝わってないよ！」

「あれでわからないのか？」

ぴしゃりと撥(は)ねつけられ、美久は唇を噛(か)みしめた。

悠貴の冷淡な眼差(まなざ)しに心をえぐられる。

わかってる、悠貴君が話す気がないことくらい。

すごく痛かった。断ち切るみたいに去られて、なんの説明もなく置いて行かれて。

あれ以上の拒絶なんてない。

重苦しい空気があたりを支配した。

修羅場に巻き込まれた秋月は半眼になり、宇宙との交信を試みている。悠貴と美久が言い合いを続けたら気絶したかもしれないが、幸いそうはならなかった。

「みーちゃん！」

いきなり生徒会室のドアが勢いよく開き、美少女が飛び込んできた。

中学生かと見間違いそうなほど小柄だが、聡明（そうめい）で辣腕（らつわん）な、前生徒会長の百々花だ。

その後ろには息を切らせた元書記長、七里一誠（いっせい）の姿もある。

何事かと問う暇（いとま）もなく百々花が美久の胸に飛び込んだ。

「みーちゃんは素晴らしいタイミングの女だね！　いつもありがとう！」

唐突な出来事に反応が遅れた。美久は腕の中の百々花を見た。

「タイミング？」

「今日来てくれたこと。私から連絡しようと思ってたんだ。さすが事件のあるところに〈エメラルドの探偵〉さん、依頼でも頼りにしてるよ！」

美久はぽかんとした。話がおかしな具合に転がり始めた。

§

「先輩～～っ、助かりました！」

秋月が涙目ですがろうとすると、百々花は美久にぴたりと身を寄せた。

「あっきー気持ち悪い」

「ひどっ⁉　今大変だったんですよ、おれ死ぬかと！」

「ふーん」

「反応薄いです！」

不満を並べようとした秋月に悠貴が声をかぶせた。

「城崎先輩、依頼とは何です？　聞いてませんが」

「そりゃあ、生徒会長は多忙だからね。ご隠居の私が張り切るところじゃない？」

百々花は得意げな顔をして美久から体を離した。

「ゆーき君、会議はもう終わったよね。生徒会室借りるよ。さあさあ、みーちゃん座って。あっきーはべそべそしてないでお茶出して」

「人使い荒いですよ」

秋月はぼやきながらポットへと向かったが、内心ほっとしているに違いない。かわいそうなことしちゃったな、と美久は思ったが謝るタイミングを逸した。

「部屋を閉めるぞ、野次馬が増えると面倒だ」

七里が会議中と書かれた札をドアの外に貼り出し、施錠した。

すっかりミーティングという雰囲気になり、悠貴と話すどころではなくなってしまった。

それもそうだよね、〈エメラルドの探偵〉に依頼なんて。悠貴もひとまず静観を決めたようだ。

〈エメラルドの探偵〉は悠貴だが、百々花たちは美久が探偵だと思っている。

学校関係者に探偵業を知られるのを嫌った悠貴が美久を身代わりにしたのが発端だ。

この状況で悠貴が依頼を断るのは不自然だ。

美久も腹を括った。軽井沢では探偵の助手をクビにされたが、承諾していない。何より、ここで引き下がれば悠貴は二度と会おうとしないだろう。

紙コップのお茶が全員に配られたところで、美久は隣に座る百々花を見た。

「それで依頼って？」

「みーちゃん、〈学校の事件簿〉ってアプリ知ってる？」

「ううん」

「じゃあ、見たほうが早いね」

百々花は美久のほうへ体を傾けて自分のスマートフォンを見せた。

「中高生のあいだで流行ってるんだ。都内の学校の怪談や事件を集めたものだよ」

アプリを開くと、鮮やかなオレンジレッドの画面に切り替わった。東京都のマップに虫眼鏡のアイコンがたくさんついている。学校所在地のようだ。

百々花がその一つに触れると、校名と〈ウワサノリスト〉という一覧表が現れた。校名の横にEランクと表示がある。

「〈ウワサノリスト〉っていうのは、この学校の怪談や事件のリストの一覧だよ。知名度、話題性、現場に辿り着く難易度で、AからFでランク付けされる。中でも突出した学校はSランクになる。身近に潜むホラー要素とゴシップネタがウケて急速に広がったみたいだね。あと誰でも投稿できるところもポイントかな。在校生が進んで自校の噂を紹介してるんだ。この学校はEだから平和だね」

〈ウワサノリスト〉にある投稿は、『柿泥棒』と『購買部の壁に浮き出る人面シミ』の二つだ。ホラーと呼ぶにはかわいらしい内容で、柿泥棒も牧歌的な印象を受ける。のんびりとした校風なのだろう。

「問題はこっち」

百々花が別の虫眼鏡アイコンをタップすると、よく知った校名が表示された。

慧星学園だ。定番の七不思議を筆頭に、リストには十数個の投稿がある。その中に『〈女王のタルト〉盗難事件』の文字を見つけ、美久は色めき立った。

「これ、文化祭の？」

「そう。それも結構な詳細があがってる」

〈女王のタルト〉とは時価数億円のピンクダイヤモンドの愛称だ。美術館から盗まれたこのダイヤは数々の奇妙な事件を引き起こし、文化祭で賑わう慧星もその舞台の一つとなった。ダイヤモンドが発見されるとマスコミと野次馬が連日押し寄せた。

学園のセキュリティが厳重なのは事件の影響が大きい。そして、この難事件を解決したのが〈エメラルドの探偵〉だ。

〈エメラルドの探偵〉が関わったことは秘密のはずだけど……まさか、その情報も出てる？

美久は心配になったが、それを見越していたかのように百々花が答えた。

「安心して、〈エメラルドの探偵〉のことは載ってないよ。みーちゃんが解決したことを知ってるのは私たちだけだし、契約はばっちり守ってるよ」

「ありがとう、モモちゃん」

探偵は私じゃなくて悠貴君だけど、と心の中で付け加える。ちらりと悠貴を窺うと、事件を解決した当人とは思えない澄ました顔だ。

ポーカーフェイスだな、と思いながら美久はアプリに視線を戻した。

「これ、慧星の学内の写真だよね？　ずいぶんあるね」

テキスト情報はまだしも、画像付きでツアーのように事件現場が紹介されている。

〈ウワサノリスト〉内の画像は百枚以上あり、文化祭を写したものや被写体の顔にぼかしの入っていない画像も多かった。

七里が苦い顔で紙コップのお茶をすすった。

「撮影を禁じるほどじゃないが、校内の写真が大量にネットにあるのはおそろしいな。画像を重ねれば、間取りや位置関係は筒抜けだ。安全面で支障が出る」

百々花が鼻を鳴らした。

「学内の様子が垂れ流しなのも困るけど、一番困るのは他校生だよ」

「他校生？」

美久がオウム返しにすると、百々花は唇を尖(とが)らせた。

「巡礼ブーム。ほら、ドラマとかアニメの舞台に行くでしょ、あのノリでアプリ上位ランクの学校を訪ねるのが流行ってるんだ。〈ウワサノリスト〉にある怪談や事件現場に行って写真をSNSに上げるまでをワンセットでね」

「巡礼というより肝試しの証拠写真だ」

七里の補足で状況がわかった。

アプリ〈学校の事件簿〉は怪談や事件を扱う性質上、ホラーの要素が強い。他校という行けそうで行けない絶妙な距離感が好奇心をくすぐるのだろう。度胸試しや話題づくりにうってつけだ。

「そういえば、学校の前に他校の子がけっこういたよ」

美久は正門前の光景を思い出した。交流試合でもあるのかと思ったが、こういう事情だったのだ。

百々花は腕組みした。

「慧星はセキュリティが高いから問題にならなかったけど、最近、不法侵入しようとする他校生がいるんだ。難攻不落が噂になって悪ノリする人が増えてる」

「慧星学園のランクは？」

「Sだよ」

「S！　最高ランクなの？」

「ダイヤの事件は世間を賑わせたし、部外者は学園に入れないからね。事件性も話題性も難易度もぶっちぎりだよ。私が他校の生徒だったら、どうにか侵入したいね」

「不謹慎だぞ」

七里の叱責に百々花はちろっと舌を出した。

「他校生の気持ちはわかるってこと。まあ、元生徒会長としてはゆゆしき事態だよ。守衛さんの負担が増えてるし」

自分のスマートフォンでアプリを見ていた秋月が百々花に視線を投げた。

「生徒会からネットに校内写真上げるの禁止ってお達し出します？」

「うーん、どうかな。こういうのって規制すると余計に盛り上がっちゃう気がする」

「仮に禁止令を出したところでどこまで遵守されるか。本名で書き込まないかぎり、投稿者が誰かわからないだろ。取り締まりようがないぞ」

七里が言うと、秋月は頬杖（ほおづえ）をついた。

「ですよねー。この投稿って削除できないんですか？」

「本人以外だめみたい。アプリの制作者に問い合わせたけど、反応なしで二週間だよ。たぶん相手にされてないね」

「じゃあ載ってるやつは掲載されっぱなしかあ」

情報が出回った状態で生徒に投稿を禁じても今さらだ。面白半分で不法侵入を試みる他校生はこれからも増えるだろう。

美久は百々花がE判定の学校を『平和』と称した本当の意味がわかった気がした。Sランクの慧星学園は注目を集め、不要なトラブルを呼び寄せている。

「水際対策を打つには遅すぎる。問題を解消するには大本と話し合わないと。そこでみーちゃん！」

「は、はいっ」

「他の高校と連携して被害状況まとめて、アプリ制作者とアプリストアに陳情書を出そうと思うんだ。ちょうど習峯（しゅうほう）高校の知り合いから〈学校の事件簿〉のせいで問題が起きたから助けてほしいって言われててね。手を貸してもらえない？」

唐突な申し出にどう答えるか迷った。すると、それまで沈黙を保っていた悠貴が口を開いた。

「他校となると話が大きくなりますが、大丈夫ですか？」

「どんとこいだよ」

百々花が胸を叩（たた）くと、いやいや、と秋月がつっこんだ。

「先輩たち受験生じゃないですか。期末テスト期間だし、遊んでていいのかって意味ですよ」

「期末なんて日々の積み重ねだよ。受験も推薦枠で楽々」

「調子にのってると取り消されますよ」

「はっはっは、困ったことに一般入試でも落ちる気がしない」

百々花は可憐（かれん）な顔で豪快に笑った。

もともと生徒会に入れるのは成績優秀者だけで、百々花は入学から今日まで一度も学年一位の座を譲っていない。学園を束ねる生徒会長として難局を乗り越えてきた逞（たくま）しさは伊達（だて）ではなかった。

七里がきりりとした表情で悠貴と秋月を見た。

「そういうことだ。俺は受験に専念させてもらうから、城崎のお守りは頼んだぞ」

「こっちに丸投げ⁉」

秋月が悲鳴に似た叫びを上げたが、七里は晴れやかだった。

「城崎を退屈させるとろくなことがない。アプリで黙るならベストだ」

「そんな良い笑顔で言わないでくださいよ！」

「不満なら秋月が止めればいいだろう。だが城崎には必ず仕事を振れ、できるだけ大量で拘束力のある課題だ。さもないと図書室のマンガコーナーが拡張して、視聴覚室がVR体験ルームに変更され、掻い掘りと称して学内の池の水を全部抜かれるぞ」

「ああ……城崎先輩が言ってた『いろいろバレて逃走中』ってそれですか」

「私は生徒の希望を叶えただけだよ？　好奇心こそ最大の学習チャンス、いわば私は元生徒会長という名のすてきな妖精さ――いだだっ」

七里が無言で立ち上がり、百々花のこめかみを拳でぐりぐりした。

「痛いったら、いっくんひどい！　何が不満なの、全部合法的にやったのに！」

「だからお前は手に負えないんだ！　秋月わかったな、城崎を野放しにするな」

優秀な分だけ悪知恵も一級らしい。秋月はうめいた。

「了解です。慧星の妖精さんがアプリに登録されないように努力します」

賑やかなやりとりの中、悠貴は一人冷静だった。

「話を戻します。アプリの件ですが、生徒会としてできる対応は取るので校内のことは任せてください。ただし他校のことに僕たち生徒会は関知しません。年末のイベントと三学期に向けての課題が山積しているのでご理解を」

百々花は両のこめかみをさすりながら頷いた。

「上等上等、そのように頼むよ」

「生徒会名義で声明を出すつもりなら、報告は忘れずにお願いします。名義上、僕も把握する必要があるので」

わかった、と百々花は応じて、くるりと美久に向き直った。

「どうかな、みーちゃん。一緒に来てくれる？」

「ええと……他校に同行して、アプリの被害状況を聞けばいいの？」

「うん、できれば騒動を解決したいと思ってる。詳しい話は明日あっちの学校に出向いて聞くことになってるんだ」

すぐに頷けなかった。力を貸したいのは山々だが、『騒動』がどういうものかわからない。その上、〈エメラルドの探偵〉は難しい状況にある。

返事をできずにいると、百々花が胸の前で手を合わせた。

「お願いみーちゃん。みーちゃんの知識と経験が必要なんだ」

推理を期待されると困るが、探偵の知識と経験ということなら応(こた)えられる。何より百々花の頼みを無下にすることはできなかった。

「じゃあ、友だちとして」

美久が頷くと、百々花は目を輝かせた。

「ありがとう！　よーし、最終目標はアプリの配信停止。そのためにサクッと習峯高校の騒動を片付けちゃうぞ！　よろしくね、みーちゃん」

話が一段落すると、悠貴が手元の書類をまとめて立ち上がった。

「では僕は失礼します。来年度の予算について先生と話があるので。秋月、帰る時に生徒会室の鍵を頼む」

はーい、と秋月のまのびした返事も待たず悠貴はドアへ向かった。

「待って悠貴君！」

美久は慌てて立ち上がり、百々花たちを振り返った。

「秋月君七里君、お茶ご馳走(ちそう)さま。モモちゃんあとで連絡するね」

言いながら悠貴を追って廊下へ飛び出す。

美久の慌てぶりに百々花は戸口を見つめてにやにやした。

「おやや～、あそこに見えるは青春かな？」

「いいえ修羅場です」

死んだ魚のような目で秋月はぼそりと呟いた。


「悠貴君！」

美久が悠貴の背中を見つけたのは階段の踊り場だ。上階から呼びかけると、悠貴はうるさそうに足を止めた。

しかし振り返らない。美久に背を向けたまま、わずかに顔だけ向けた。

「まだ何か用か」

美久は呼吸を整えてから口を開いた。

「何があったの？」

「話すことはない」

「私は話したい、聞きたいことがたくさんある！　軽井沢から急に帰ったのはどうして？　お店やおうちには戻らないつもりなの？　どうしてそんな――」

「おい」

冷ややかな声が鋭い刃物のように美久の話を断った。

「俺の前に現れるなと言っただろ。それを無視したあげく、生徒会にまで上がり込んで何様だ」

「ちゃんと話してくれたら学校まで来たりしない」

「三度も同じことを言わせるな」

美久は声を呑んだ。投げつけられた言葉がずしりと胸に響く。

痛くてみじめで、逃げ出したくなる。だが感じたのはそれだけではなかった。

「だったら、なんで優しくなんかしたの」

美久は言い返した。

「軽井沢での悠貴君はすごく優しかった。たくさん笑って、楽しそうにしてた。あんなに楽しそうな悠貴君、初めて見たよ。きれいな風景見て、一緒にいろんなことができて、私もすごく楽しかった。それなのにクビ？　あんなふうに悠貴君がいなくなって、私がなんとも思わないと思った？　心配もしないで何事もなかったみたいに笑ってるって思ったの！」

そんな人間だと思われていたのかと思うと無性に腹が立つ。

「悠貴君に何かあったのも、私に隠しごとしてるのも、わかるよ。何か考えがあるんだろうって。だけど言ってくれないとわからない、悠貴君がなにを考えてるのか全然わからないよ……！」

悠貴は無言で美久を見つめた。

ややあってから溜息を吐き、独り言のように呟いた。

「俺がエメラルドに戻ったのは三年前の事件の真犯人を捕らえるためだ」

悠貴が中学生の時に起こった危険ドラッグに絡む事件のことだ。全容を明らかにできたのはつい数週間前だ。

「犯人を捕らえ、過去に区切りをつけた。だからエメラルドに残る理由はない。今後は時ヶ瀬として生きる」

「………本気で言ってるの」

「事実だ」

うそだ。

美久は直感した。悠貴がどれほど真紘を大切にしているか、知っている。過去の事件に決着がついたから家を出るという論法もまったく共感できない。

「〈エメラルドの探偵〉はどうするの？」

「探偵業は終わりだ」

「終わりって……何も終わってないよ、さっきもモモちゃんに依頼されたよ！　困ってる人がいるのに放っておくの？」

事情を知らない依頼人はこれからもエメラルドへ来るだろう。不確かな都市伝説にすがるほど途方に暮れて、一縷の望みをかけてやってくるのだ。そんな人たちに本気で「探偵業は終わりました」と言えというのか。

だが悠貴の答えはもっと辛辣だった。

「どうでもいい、俺には関係ない」

美久は血の気が引くのを感じた。ショックなどという言葉では言い表せない衝撃が足元を揺らす。

どうでもいい、関係ない？

そんな言葉で片付けられるものなのか。これまで乗り越えてきた苦難を、積み重ねた時間を、依頼人たちの思いを。そんな一言で？

「――それなら私が〈エメラルドの探偵〉になる」

「は？」

美久はキッと悠貴を睨みつけた。

「私は〈エメラルドの探偵〉が好き。将来のことで行き詰まって、どうしていいかわからなくなった時、助けてもらった。あの瞬間がなかったら私はここにいないよ。だから私も助けになりたい。困ってる人の手を離したくない。今回の依頼は私が解決する。〈エメラルドの探偵〉としてモモちゃんを助ける！」

悠貴は失笑した。

「何を言い出したかと思えば」

「認めてくれたのは悠貴君だよ！」

軽井沢で別れる前、初めて認めてくれた。その言葉が美久の支えだった。少なくとも『どうでもいい』などと言う今の悠貴より、ずっと信頼に足るものだ。

悠貴の眉間に深い皺が刻まれた。

「お前に務まるわけがない」

「そこまで言うなら勝負しようよ。もし私が今回の事件を解決できたら悠貴君の本心を教えて」

「なぜ俺がそんなことに付き合う必要が？」

「私には解決できないって思ってるなら、受けても困らないんじゃない？」

美久は強気に出た。悠貴が負けず嫌いなのはよく知るところだ。

「……それとも本当は私なら解決できるって思ってる？」

わずかに期待を込めて尋ねると、鼻で笑われた。

「微塵も思わない」

うっ、即答……！　ひどい！

美久はつんと顎をそらし、宣言した。

「覚悟してて、絶対に解決するから！」

強引に約束を取りつけて踵を返す。

思い描いていた展開とは違うが、悠貴から話を聞くチャンスを得たことに変わりはない。だいいち、〈エメラルドの探偵〉をこんなふうに終わらせるわけにはいかなかった。たとえ、それが探偵である悠貴の判断でもだ。

必ず習峯高校の問題を解決してみせる。

それから、絶対に悠貴君の本心を聞き出すんだ。

第一話
天使の分け前 i

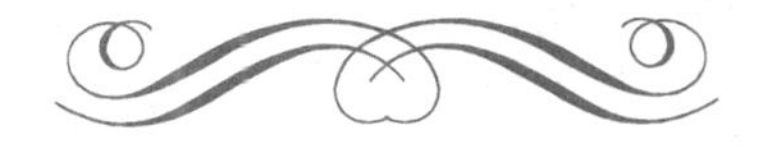

1

悠貴を慧星学園に訪ねた翌日。午後二時過ぎに百々花と合流した美久は、中央線で東京方面へ移動した。地下鉄に乗り換えて駅を出ると、漆黒のブレザーの生徒とすれ違った。襟元に白線の入ったブレザーに濃紺のタイ。クラシカルなデザインの制服の生徒たちは同じ方向から流れてくるようだ。

美久は隣を歩く百々花に尋ねた。

「あの制服、これから行く学校のかな」

「そうだね、習峯高校のだ」

長い歴史を持つ有名私立だ。幼稚園から大学院まで続く一貫教育校で、誰もが一度は校名を聞いたことのある人気校である。

「習峯は期末テストが終わって補講期間らしいよ。午前が通常授業で午後が補講なんだって。テストが終わったのに大変だね」

そういう百々花は期末テスト真っ只中(ただなか)だ。優秀さゆえの余裕なので、心配するほうが無粋だろう。

「今回の相談は習峯の生徒会から来たの？」

「ううん、新聞部の部長から。去年のスピーチコンテストで知り合ったんだ。活きのいい二年生だよ。部員もみんな元気のいい子たちでね」

百々花は先日まで生徒会長だった。多忙な職務をこなしながら生物部にも所属しており、その上、他の活動にも挑戦していたとは驚きだ。

美久がそう話すと、当の百々花は「そうかな？」と多忙の自覚もない。

「それよりみーちゃん、あれから〈学校の事件簿〉はインストールした？」

「うん。いろんな高校の〈ウワサノリスト〉を見たよ」

「どうだった？」

「…………ちょっと面白かった」

素直に打ち明けると、百々花が白い歯を見せた。

「だよね！　私は『美術室の三万円』で前のめりになった」

「私も！　あの話すごく気になる」

「『背中のサバ缶魚人』も『鏡じゃなかった件』もいいよね」

「『鏡じゃなかった件』の動画、すごかった！　姿見に映ってるの、本物かな」

「錯視かもしれないけど、私は本物であってほしいなあ！」

アプリの話に花が咲く。投稿の大半は人面魚がいるとか、階段の段数が変わるといった、どこかで聞いたような内容だが、ときどき目を見張る話題がまじっている。

百々花が感慨深げに吐息を漏らした。

「怪談にしろ事件にしろ、語り継がれた話には妙な引力があるよね。虚構と事実が曖昧でいかがわしくて。つい読んじゃうんだ」

本来なら学校内で留められる逸話が〈学校の事件簿〉には惜しげもなく掲載されている。何代もの生徒たちが語り継いだ、公然の秘密。写真や動画で現場が見られるのも面白かった。

良い面があるだけに美久は惜しく感じた。

「アプリ単体だと悪いものじゃないのかも。だけどSNSが絡むと……」

学校の怪談や事件を共有するためのアプリだが、行ける範囲にあると趣旨を逸脱する者が出てくる。

目立ちたがり屋や『いいね』を集めたい人には、かっこうのネタだ。

廃墟や心霊スポットに出向く感覚なのだろう。都内の高校という身近さが悪い方向に作用して、手軽にスリルを味わう遊びになっている印象だ。

「SNSのタグをたどって初期の投稿を見たけど、アプリがはやり始めた頃は在校生が自分の学校で撮ったものしかなかったよ。記念撮影とか、ちょっとした紹介のつもりだったんじゃないかな」

「それが呼び水になったんだよ。投稿を読めば、建物の場所も階もわかるからね。〈学校の事件簿〉を放置したら必ず問題になる。習峯高校で起きてることはその見本みたいなものだよ。慧星も他人事じゃない、早く手を打たないと」

百々花の真剣な横顔に美久は頰を緩めた。

こういうモモちゃんだから、みんなに慕われてるんだな。

生徒会長を退いても、百々花が真っ先に考えるのは生徒のことだ。元気と才覚がありあまって暴走することも多いが、その根底にあるのは思いやりだ。

「習峯高校の騒動を解決して、アプリの問題も解消しようね」

「うん、みーちゃんがいれば百人力だよ！」

百々花の最終目標はアプリの制作者と配信元に配慮を求めることだ。そのためには習峯の騒動を解決し、アプリとの関連を明らかにする必要がある。

そして、美久にも事件を解決しなければならない理由があった。

百々花の依頼を解決したら本心を話す——悠貴から強引に取りつけた約束だ。

何の説明もなく去った悠貴の心を開かせる方法は、もう他にない。

きっとこれが最初で最後のチャンスになるだろう。

習峯の校舎はすぐそこに見えていた。

「うっわ！　慧星の前会長ってこんな小さい美少女なんですか！　しかもお姉さんは〈エメラルドの探偵〉⁉　すごい奇跡だ！　写真いいですか！」

「こらこら、レフ板はどうした？　素材を活かさなきゃだめでしょが」

「本当に撮りますか？　このあとの話し合いに支障がないか確認してください」

習峯高校の新聞部部室で美久と百々花を出迎えたのは三人の生徒だ。

一眼レフカメラを片手に目を輝かせて迫ったのが一年男子の篠山、止めるどころかクオリティを上げようとしたのが二年生女子の二ツ屋で、最後に状況確認を促した女子が一年生の野尻である。部員はこれで全員という弱小部だ。

賑やかな歓迎に美久はたじたじになった。百々花から『元気な子たち』と聞いていたが想像以上だ。

「やかましくてすいません、部長の二ツ屋です。今日はありがとうございます」

二ツ屋が美久に挨拶した。活きのいい二年生とは彼女のことらしい。目鼻立ちのはっきりした顔立ちで、切りっぱなしのボブカットが勇ましい。

「はじめまして、小野寺です」

「二ツ屋ちゃん、〈エメラルドの探偵〉のことは記事にしないようにね。小野寺さんには無理言って来てもらったし、正体がバレたら探偵業の妨害になる」

百々花が横から注意すると、二ツ屋は小鼻を膨らませた。

「そこまで無粋じゃないですよ。今日は城崎さんにお願いした件ですし、〈エメラルドの探偵〉はフィクサー、表に出しません。まあ、いずれ独占インタビューはお願いするかもしれませんけど」

ちゃっかり言って二ツ屋は紹介に戻った。

「こっちのカメラ持ったのが一年の篠山です。有名写真家と同姓だから写真係にしたんですけど、まあセンスが微塵もなくて。って篠山、レンズに指がかかってる」

「二ツ屋先輩、撮影の許可はとりましたか？」

三つ編みの女子生徒がゆったりした口調で問う。

「この逐一確認女子は野尻。記事担当で、あだ名はジリ。いい声でスマートフォンの音声アシスタントみたいに確認してきます」

「私の紹介よりも撮影の許可はどうなっていますか？」

さっそく確認を重ねられ、二ツ屋はくるりと目をまわした。

「撮らないし取材もなし。まずはオフレコの話し合いって約束です」

「思い出していただいてなによりです」

きれいな声と丁寧な口調はまさしくスマートフォンの音声アシスタントだ。野尻は美久と百々花に椅子を勧め、紙パックのジュースでもてなした。

二ツ屋が話を始めた。

「時間がもったいないから本題に移りましょう。結論から言うと、城崎さんと小野寺さんには、うちで起こってる問題のことで知恵を貸してほしいんです」

「アプリの〈学校の事件簿〉についてだよね」

「そうです。さっそくですけど、小野寺さんはどう思いました？」

「ごめん、まだチェックしてないの」

えっ、と百々花がきょとんとした声を上げた。

「みーちゃん、〈学校の事件簿〉見たよね？」

「うん、他の学校の〈ウワサノリスト〉は。それで思ったんだけど、面白くしようとして表現が強くなってるというか、誇張が少なくないのかなって。だから習峯の人から話を聞く前に変なイメージをつけたくなくて」

誰かが事件を語る時、必ず視点が存在する。

悠貴なら客観的に分析できるだろうが、美久は知らずのうちに投稿者の主観や思い込みを受け取ってしまいそうで、あえて情報を断っていた。

「概要は聞いてるんだけど、よかったら最初から話してもらえる？」

もうちょっと頭のつくりがよかったら、と美久は申し訳なく感じたが、二ツ屋は頬を打たれたような顔つきになり、姿勢を正して頭を下げた。

「相談を持ちかけておいて説明を省こうなんて、私のほうこそ失礼しました。——まずはこれを見てもらえますか」

二ツ屋が窓を開けた。校舎二階の新聞部からはグラウンドが見渡せる。

美久が横に並ぶと、二ツ屋は下方を指した。

「あれです」

視線を向け、美久は思いもよらない光景を目にした。

「えっ？」

校舎のまわりが穴だらけだ。用務員が埋め戻しているが、数が多い。深さもサイズも様々で、ぱっと数えただけで二十はありそうだ。

「ご覧のとおり、穴です。うちの生徒が教員の目を盗んで掘りまくってます」

なぜ、と疑問を禁じ得ない。

二ツ屋は美久に着席するよう促して、事情を話し始めた。

「先週、第七十四期の卒業生がタイムカプセルを掘り起こしにきたんです。二十五年後に開封する計画で、今年がその年にあたります。卒業生から学校に連絡が入り、新聞部が取材する運びになりました」

先日の日曜のことだという。やってきた卒業生代表は四名。新聞部はカプセルの発掘に立ち合い、その後インタビューという流れで、二時間ほどを予定していた。

「でもカプセルは見つからなかった……埋めた場所が正確にわからなかったんです。タイムカプセルと一緒に目印の木を植えたらしいんですが、いつの間にか切られたみたいで。とりあえずこのへんだろうってところを掘ったんですが」

二ツ屋が肩を竦める動作で、何も出なかったとわかる。

「卒業生は穴を埋め戻して帰りました。タイムカプセルは見つからなかったけど、雰囲気は悪くなかったですよ。今度の同窓会でネタにするんだって笑ってましたし。だけど次の日の朝、学校中の黒板に変な紙が。――篠山」

一年生は美久と百々花にスマートフォンの画面を見せた。

画像だ。黒板に白い紙が貼られている。そこにはパソコンで打ち出された文字でこう綴られていた。

『第七十四期卒業生のタイムカプセルを発掘せよ！

発見者は速やかに証拠写真を〈学校の事件簿〉に投稿すること。

最初の投稿者に金五萬圓を贈呈す!!』

野尻が補足した。

「紙はA4、コピー用紙でした。先生が回収して、現物は一枚もありません」

「張り紙のことは卒業生に確認した？」

百々花が尋ねると、二ツ屋は頷いた。

「すぐに卒業生代表の長谷さんにメッセージを送りました。びっくりしてましたね。折り返しの電話で詳しい話を訊いてくるくらい」

百々花たちのやりとりを聞きながら、美久は張り紙について考えていた。

「この張り紙をした人は、どうやってタイムカプセルを見つけた人と連絡をとるつもりかな。金五萬圓ってあるけど、受け渡し方法が書いてないよね」

「〈学校の事件簿〉は投稿にコメントを残せるから、それで連絡するんだと思います。少なくともうちの生徒はそういう認識で穴を掘ってますね」

二ツ屋が答えた。しかし疑問は残る。

「愉快犯ってことはない？」

「どうでしょう。ただチャレンジする価値はありますよ」

「五万円ってやらしー金額だもんね」

百々花が苦笑いすると、篠山が強く同意した。

「そうなんですよ！　百万円だと面白いけど現実味がなくて。五万って誰かが本気で探してる気がしません？　本当に現金がもらえるかも……！」

今にも発掘に名乗りをあげそうな勢いだ。高校生にとって五万円はそのくらい魅力的な金額だ。

二ツ屋が溜息を吐いた。

「こういうかんじで、学校中、大盛り上がりなんです。ちなみにアプリの〈学校の事件簿〉だと『穴掘トレジャー！　目指せ一攫千金（いっかくせんきん）』、『怪文書に踊らされる習峯高校』あたりの記述が充実してます」

「これが習峯の〈ウワサノリスト〉だよ」

百々花が自分のスマートフォンでリストを開き、美久に見せた。

張り紙をきっかけに生徒が一斉に投稿したようで、似たタイトルが乱立している。

その中に飛び抜けてアクセス数の多いものがあった。

『穴掘トレジャー！　目指せ一攫千金』と銘打たれたページには、驚くほど詳細な情報が記されていた。投稿日時は生徒の一斉投稿の前だ。

誰よりも早く、こんなに詳しく事情を知っているということは。

「この投稿をした人、何か知ってるんじゃない？　張り紙があって間もないのにタイムカプセルについて詳しすぎるし、犯人に近い人物かも」

美久の指摘に二ッ屋が深く頷いた。

「それ、私です」

「えっ！」

「情報の一本化、混乱を避けるためですとも！　あやふやな情報が拡散して混乱するくらいなら正確な情報源が一つあればいいんです。新聞部は正確無比の情報を素早く提供できるというアピールにもなる！」

もっともらしく言いながら、よこしまな考えがだだ漏れだ。

百々花がふむふむと頷いた。

「つまり二ッ屋ちゃんはタイムカプセル発掘から張り紙の件までまとめてＳＮＳの海に流したと」

「ええ。そういうわけで校舎のまわりが穴だらけなんです、非常に困ります」

問題を大きくした当人がしれっと言うと、野尻が麗しい声で応じた。

「バチが当たるといいと思います」

「こらっ、三つ編み地味子のくせに先輩になんてことを！」

「すみません、聞き取れませんでした」

　完全に音声アシスタントのコメントだ。

　軽妙なやりとりに美久は笑みをこぼした。どのみち〈学校の事件簿〉にこれだけの投稿があっては、騒ぎは免れなかっただろう。

「だけど不思議だね。どうしてタイムカプセル探しがこんなに流行ったのかな」

「最初に見つけたら五万円だよ？　全教室に張り紙がされて、SNSでも話題になった。情報が十分に行き渡ったからじゃない？」

　百々花が小首を傾げるのを見て、美久は言い直した。

「SNSは指一本で気軽にできるけど、実際に穴を掘るとなると、事情が違うんじゃないかな。道具もいるし、体力も時間もかかるよね。だけど肝心のタイムカプセルがどこに埋まってるかわからない」

「そこが楽しいんじゃない？　財宝探し、トレジャー感覚！」

「そうなんだけど、張り紙はただのいたずらかもしれないよ」

　んんー、と百々花の首がさらに傾く。

「ええと、つまりね。確実に五万円が手に入らないなら、わざわざ掘り返さないと思うの。掘っても何も出てこないかもしれないよね。タイムカプセルを見つけても、張り紙がいたずらだったらお金はもらえないよ」

「あ、そっか！　楽しいってより面倒なかんじか！」

百々花が合点がいった様子で手を打った。行動力のありあまるこの少女に『面倒』という感覚は薄いらしい。

「言われてみればそうだね。穴を掘ってるところを先生に見つかったら怒られるし」

「うん、だからタイムカプセル探しをする人は少ない——と思ったんだけど、実際に校庭は穴だらけだよね。どうしてなんだろう？」

「すみません、私のせいです」

控えめに手を上げたのは麗しい声の野尻だ。

「野尻さんが？　どうして？」

「卒業生のインタビューに備えて当時を知っておこうと思い、七十四期生のアルバムを見たんです。そこにスエッグツヨシの名前を見つけました」

美久は目を丸くした。

「スエッグツヨシって、ミュージシャンの？」

「はい。スエツグさんは三十歳で遅咲きのブレイクでしたが、高校時代から作曲していたと雑誌の取材に答えてます。タイムカプセルに未発表の楽曲や将来の夢を綴ったものがあるのでは――と壁新聞に書いたところ、反響を呼びました」

「なるほど、お宝があるかもって発想にすり替わったんだね」

百々花がうなった。タイムカプセル発見の謝礼金はおまけ、本命は有名人のプレミアアイテムということだ。

「ジリは大人しい顔してやり手でしょう、将来有望よ」

二ツ屋がしたり顔になると、篠山が唇を尖らせた。

「部長が舞い上がって、その情報をＳＮＳにバンバン上げちゃうから悪いんですよ。そしたら騒ぎが大きくなって」

「いいネタを放置するなんて新聞部の名が廃(すた)るわ！　ニュースはスピード、おかげでフォロワー数は過去最高よ！」

「そうですね、おかげですべて新聞部の自演ではないかと疑われているのです」

「地味子っ！　今言わなくても！」

百々花が前のめりになった。

「どういう話？」

「タイムカプセルが見つからなかったのをいいことに、新聞部がガセネタで学校を賑やかしているという疑惑です。三年生が抜けて弱小部となり、同好会に転落するのを恐れての犯行と揶揄されています」

二ツ屋は頰を膨らませた。

「確かにタイムカプセルの取材をしたし、張り紙の第一報も報じたし、燃料も投下したわよ。誤解が生まれるのもわからなくはない」

「それだけじゃないでしょ部長。校内のらくがきも新聞部の仕業って言われてるじゃないですか。——ちょっとこれ、見てくださいよ」

篠山が美久と百々花にスマートフォンを見せた。廊下から図書室を撮った一枚だ。壁に赤いスプレーで『51340４-０141３2０2』と書かれている。不安定に歪んだ数字の下には柵のような模様もある。鳥居だろうか。漢字の『井』を二つ並べてくっつけたような奇妙な図形だ。

美久は首をひねった。

「格子……何かのマークかな？」

「ムカデとか鳥居が並んでるとも言われてます」

「どんな意味があるの？」

「まったくわかりません。数字も意味深でしょ？　だからこれも新聞部が話題づくりにやらかしたんじゃないかって」

「はいはいストップ！　真実と秩序を重んじる新聞部が噂にふりまわされない」

篠山が反論しようとしたが、二ツ屋は言わせなかった。

「何のために城崎さんに連絡したと思ってんの。自演って言われるなら外部の人に調べてもらうしか潔白が証明できないでしょ。あとは城崎さんたちに任せるの」

それで百々花に声をかけたのか、と美久は腑に落ちた。

「こういう状況らしいんだ。調べるのは構わないんだけど、新聞部の潔白を証明するとなるとね。みーちゃん、どこから手をつけたらいいと思う？」

百々花に訊かれ、美久は考えた。

タイムカプセルが見つからなかったことを発端に、張り紙やらくがきがされるようになった。第一報を報じ、多くの情報を持つ新聞部は犯人と疑われている――こうなっては新聞部が何を発信しようと信じてもらえないだろう。

潔白を証明する前に、することがある。

「まずは一連の出来事を受けて、新聞部の正式なコメントを出すのがいいんじゃないかな。もし煽ったところがあるなら謝罪して、ＳＮＳと壁新聞に載せるの。それから被害状況をまとめて、〈学校の事件簿〉に自粛を求める投稿をアップするのはどう？

とにかく、これ以上騒ぎが大きくならないようにしないと。どうしてこうなったかの検証はそのあとじゃないかな」

　二ツ屋が首を横に振った。

「それだと時間がかかりすぎます。もっと簡単に解決する方法がありますよ」

　美久が目をぱちぱちさせると、二ツ屋は不敵に笑った。

「タイムカプセルを見つけるんです、我ら新聞部で！」

「ええっ!?　それだとますます新聞部の自演って言われない？」

「正しくは新聞部が密着取材する慧星学園一の秀才が、です。慧星といえば有名進学校、そこの前生徒会長なんて破壊力抜群の肩書きですよ。そんな人が我が校に救いの手を差し伸べて事件を解決すれば、誰も文句言わないでしょ。なんといっても城崎さんは〈女王のタルト〉事件当時に生徒会長だったし。ね？」

　その時の様子も詳しく、と言いそうな顔だ。案外、本命はそちらかもしれない。

　百々花はからからと笑った。

「二ツ屋ちゃんのそういうところ好きだよ。アプリに関してはうちも迷惑してるし、力になる」

「じゃあ、タイムカプセル探しと密着取材を受けてもらえるんですね！」

「ただし交換条件。私は〈学校の事件簿〉をこのままにするのは危険だと思ってる。システムを変えるか配信停止するかしてほしいけど、制作者が個人で、連絡が取れないんだ。配信元に抗議するにも慧星だけじゃ弱い。だから習峯のこの件を報告書にまとめてほしい。もちろん先生と生徒会の許可を取った正式なものね」

「うげっ、学校から……!?」

急に話が大きくなって二ツ屋は怯んだ。百々花はにっこりした。

「必ず許可を取って。それがタイムカプセル探しと密着取材を受ける条件だよ。悪い条件じゃないと思うんだ。二ツ屋ちゃんは事件解決のために私を呼んだけど、新聞部の友だちの私が解決したら、また自演って言う人が出てくるよ。でも正式な書類があれば、そういうイメージも払拭できるんじゃない？」

二ツ屋の狙いなど初めからお見通しだったのだろう。利用されるとわかった上で自分の目的もきっちり果たす。百々花の逞しさは健在だ。

「………わかりました」

二ツ屋が渋面で頷くのに、そう時間はかからなかった。

「交渉成立だね。ということで、頑張ろうねみーちゃん！」

「う、うん……！」

美久は内心で泡を食った。騒動を解決するつもりでいたが、まさか消えたタイムカプセルを探すことになるとは。

大変な難題を突きつけられてしまった。

2

「やー、含みがありそうだって思ったけど、こんなにがっつり調査になるとは想像しなかったよ。みーちゃんにきてもらって正解だね」

椅子に腰掛けた百々花が大きくのびをした。

新聞部にいるのは美久と百々花、野尻の三人だ。二ツ屋と篠山は百々花の交換条件を満たすべく、生徒会に直談判（じかだんぱん）へ向かった。

野尻は貴重品や高価な一眼レフカメラを鍵のかかる棚にしまっている。終わり次第、校内を案内してもらう予定だ。

現場を調べられるのはいいとして……、と美久は不安に思った。

「二十五年前のタイムカプセル……どうやって探せばいいんだろう」

私立は教員の入れ替えが少ない。当時を知る人はいるだろうが、四半世紀前の出来事をどれだけ覚えているか。資料が残っているかも疑わしい。

悠貴に啖呵を切ったことを思い出し、吐息が漏れた。この難題を解決できなければ悠貴の本心を聞き出すチャンスまで失ってしまう。

こんな難しい事件、悠貴君なしで解決できるのかな……。

「やっぱりゆーき君がいないと心配？」

「えっ⁉」

いきなり訊かれ、美久は椅子から飛び上がりそうになった。

まさかモモちゃん、本物の〈エメラルドの探偵〉は悠貴君だって気づいてる⁉

どきどきしながら答えを待つと、百々花は力強く言った。

「こまかいことは得意じゃないから、ゆーき君みたいにいかないと思うけど、私もゆーき君に負けないハイパーな探偵助手になるよ！」

あ……そういう意味。

美久は苦笑いした。

「サポートお願いね」

二人の会話が聞こえたのか、野尻が貴重品をしまう手を止めて詫びた。

「スエッグさんの記事で騒ぎを大きくしてしまい、大変申し訳ありません。アプリの人気を知っていたのに軽率でした」

「ジリちゃんのせいじゃないよ。匿名で悪ふざけできる場所があるのが問題なんだから。ジリちゃんだって騒ぎを大きくしてやろうと思ったわけじゃないでしょ？」

百々花が明るく返すと、野尻は凍りついた。完全に目が泳いでいる。

明らかに動揺した様子に百々花は声を高くした。

「じゃあ、狙ってやったの？」

「申し訳ございません！」

野尻は三つ編みを揺らして勢いよく頭を下げた。

「話題になればタイムカプセルを探す人が増えると考え、やってしまいました」

スマートフォンの音声アシスタントと呼ばれるほど落ち着いた野尻がそんなことをするとは意外だ。新聞部はタイムカプセルの掘り起こしに立ち合い、取材もした。だが思い入れがあるというほどの関係ではないだろう。

「どうしてそこまで？」

「小野寺さんは〈エメラルドの探偵〉なんですよね」

「えっ？　ええと………はい」

複雑な事情を呑み込んで頷くと、野尻はあらたまった様子になった。

「小野寺さん、タイムカプセルを見つけてくれませんか。これは新聞部としてではなく、一個人としてのお願いです。私は本当のことが知りたい」

本当のこと。話は見えないが野尻の表情は切実だ。

「詳しい話を聞いてもいい？」

「はい。じつは私の叔母——野尻恵美は第七十四期生なんです。ただし卒業していません。三年生の時に事故に遭って、卒業を断念しました」

「そうだったんだ……」

「タイムカプセルの存在は学校からの取材要請で知りました。私は浮かれました。私と同じ、高校生の叔母に会える気がして。取材が楽しみで新聞部に残る当時の資料を読みあさりました。アルバム、当時の記事……それからこれも」

野尻は棚からノートを取り、美久に差し出した。

古いキャンパスノートで、表紙に『一九××年度　新聞部日誌』とある。

「二十五年前の日誌です。文化祭の記録を見ていただけますか、十一月です」

ノートを開くと、埃と紙の匂いがした。四月から始まる記録をぱらぱらと捲り、該当のページを見つけた。

『十一月三日、快晴。班長・木村／記録・三郷
今日は文化祭。予定どおり各班で取材。大きな問題はなく取材を終える』

几帳面な文字で簡潔にまとめられている。これといって注目する点はない。

「これがどうしたの？」

「……………この日なんです、叔母が事故に遭ったのは」

「えっ？」

「文化祭当日、叔母は校舎の非常階段から転落しました。今は元気に暮らしてますが、この事故で脊髄を痛め、以来、車椅子が手放せません」

美久はぎょっとしてノートに目を戻した。

前後の記述を確認するが、事故について一言も言及がない。

「当時は相当な騒ぎになったはずです。生徒が歩けなくなるほどの重傷を負ったんですから。それなのに『大きな問題はなく』は不自然ではないでしょうか」

野尻は言葉を切り、ためらいがちに続けた。

「叔母は非常階段で足を滑らせたと話してます。でも……落下の地点からすると、手すりを跳び越えて落ちたようなんです」

足を滑らせて手すりを飛び越える。ありえない状況に百々花が顔をしかめた。

「事故を目撃した人は？」

「いません。救急車を呼んだ人も、どすん、という物音で気づいたそうで」

教室や体育館などのメイン会場と違い、非常階段は閑散としていたはずだ。転落に気づいた人がいただけ運が良かったのかもしれない。

「はっきり言って不自然です。私の父と祖父母は、恵美おばさんが自ら飛び降りたのではと疑ったようです。でも最終的には叔母の主張を受け入れました。騒ぎが長引けば傷つくのは叔母です。恵美おばさんを守る意味でも、詮索は無用と考えたのでしょう。この話題は今もタブーです。……あの記述を見つけなければ、私も何かしようとは思いませんでした」

「あの記述？」

「日誌を捲ってください。部活動の最後の日付よりずっと後ろです」

指で紙を弾いていくと『本年度の活動は終了。みんな、お疲れ！』という一文を見つけた。本来ならここで閉じるノートをさらに捲る。罫線（けいせん）だけのまっさらなページが続く。もう何もないだろうと思われた頃、その記述は現れた。

『三月二十三日
今日、私たちは卒業する。今さらどうにもならないけど、書かずにはいられない。

文化祭であたりさわりのない記事を書いたこと、すごく後悔してる。Nさんの転落に触れないのは不自然だった。

記事にするなって言う顧問の先生の気持ちもわかる。Nさんを苦しめてるって言われて、みんなショックを受けた。だから記事にするのをやめた。

でも間違いだった。

記事にしない代わりに、部長たちは内申点をもらった。断ったのは私だけ。

みんな内申点を上げてもらえるから黙ったんだ。悔しい。自分が情けない。新聞は事実を記すもの。誰かの都合で書き換えてはいけなかった。少なくともあの写真を撮った私たち三年は、その重大さを考えるべきだった。

Nさんは写真を受け取らなかった。「処分して」とも。

ネガは処分した。だけど写真はまだここにある。

写真を記録として残すべきか、当事者の気持ちを優先するか、わからない。でも私は捨てられない。だってこの写真はあの時に何が起きたかの証拠だから』

美久は背筋に寒いものを感じた。

「写真が証拠……？　このNさんって野尻さんの叔母——恵美さんのことだよね。だけどさっき、転落の目撃者はいなかったって」

「騒ぎに気づいた新聞部が駆けつけたんじゃない？　それで倒れてる恵美さんとか搬送の様子を無断で撮ったとか」

百々花が言うと、野尻は強張った表情で首を横に振った。

「もっと悪いものです。次のページを見てください」

不穏な言葉に否応なく緊張が高まる。

恐る恐るページを捲ると、そこには想像を遙かに超えたことが記されていた。

『もう誰も信用できない。答えは二十五年後に預ける。これが真実を追及する新聞部員として、私にできる最後のこと。

MHの秘密は土の中。

未来で事件の真相が明らかになることを願う』

衝撃的な内容に美久は脳が揺れるような感覚を味わった。

二十五年後。土の中。未来。秘密——事情を知らない人が読めば不可解な文章だろうが、美久は正確に意味を汲み取れた。

「転落事故の写真がタイムカプセルに入れられたんだ……！」

もう『事故』と呼べるか怪しいところだが。ともかく当時の記録はタイムカプセルに納められ、今もそこにあるのだ。

「筆跡は日誌と同じです。記録係のサンゴウさんが書いたのでしょう」

日誌の記述を確認すると、確かに三郷という生徒の字だ。

「問題はＭＨだね。『ＭＨの秘密は土の中』……写真にＭＨって人の秘密が写ってるってことだよね。つまり、この人が転落に関わってる」

百々花が呟くと、野尻は硬い表情で頷いた。

「私もそう思います。でもそうなると叔母の行動が不可解です。なぜ写真を受け取らなかったのでしょう？　証拠になる写真ですよ、それを処分するよう言うなんて。何か理由があるはずです」

「ジリちゃんのおばさん、事故のことは全然話さないの？」

「一言も教えてくれません。……どうして口をつぐむのか、当時何があったのか。答えはその写真にあるように思います。サンゴウさんもそれがわかっていたからこそ、タイムカプセルに入れたのではないでしょうか」

未来で事件の真相が明らかになることを願う――『事故』ではなく『事件』。その言葉の選び方が、当時の部員が転落をどう捉えたか、如実に語っている。

「二十五年前、叔母の身に何が起きたのか。私は本当のことが知りたい」

野尻は嚙みしめるように言い、美久を見た。

「お願いします。タイムカプセルを見つけていただけませんか」

野尻の手が微かに震えていることに気づき、美久は胸を打たれた。

これは〈エメラルドの探偵〉の仕事だ。

事務的な調査でも、悠貴との勝負のためでもない。一人では立ちゆかない誰かの想いを掬い上げ、答えに導く。〈エメラルドの探偵〉はそのためにいるのだ。

「必ず。〈エメラルドの探偵〉としてタイムカプセルを見つけるよ」

美久は覚悟を持って名乗った。

「よーし、そうと決まれば手がかり集めだ！　日誌、撮っていい？　ハイパーな探偵助手として見落としは許されないからね！」

百々花がスマートフォン片手に言うと、野尻は表情を和らげた。

「小野寺さん、城崎さん。ありがとうございます」

話がまとまると、さっそく撮影に移った。問題の記述を撮り、筆跡のサンプルに部活動日誌も数枚画像に収める。

そういえば、どうして新聞部の依頼と転落事故の依頼が分かれてるんだろう？

ふと美久は思った。二十五年前の転落事故は野尻のプライベートに関わるが、タイムカプセルを見つけるという点で新聞部の目的と一致している。部員たちの仲の良さを思えば、部長の二ツ屋も転落事故を知っていそうなものだ。

美久が尋ねようとした時、がらがら、と部室のドアが開いた。

「あれ、野尻さんだけ？　珍しいね」

現れたのは二ツ屋たちではなく、見知らぬ人だった。大人だ。四十代の女性で、ハイネックにスーツ、肩に大きな鞄（かばん）を提げている。

「顧問の先生ですか？　お邪魔してます、慧星学園の城崎です」

百々花が挨拶すると、女性はおかしそうに目を細めた。

「違うわよ、先生じゃなくて先輩」

「え？」

「先輩も先輩、二十五年前の卒業生よ」

「じゃあ、タイムカプセルを掘りに来たっていう？」

「長谷といいます。卒業生代表で元新聞部。それで、慧星の子が何してるの？」

美久たちは自己紹介し、タイムカプセル探しに協力していることを話した。すると長谷は得心した様子で鞄を開けた。

「だったら、これはあなたたちに預けていいね。はい、当時の写真。卒業式の日、タイムカプセルを埋めた時のよ」

厚紙で作られた簡素なミニアルバムだ。

美久は礼を言って受け取り、ふと今日が平日だと思い出した。

時刻は午後三時。長谷は勤め人という風情で、左の薬指に指輪もしていない。

探偵業で観察が習い性になっていることにも気づかず、美久は長谷を見た。

「これを届けにわざわざいらしたんですか？」

会社は大丈夫だろうか。余計な気遣いなのでそこまで口にしないが、長谷は美久の表情から言わんとしていることを読み取ったようだ。

「会社は午後から休み。有給使ったんだ。まだ五日分残ってるのよ、ちょうどいいから全部使っちゃおうと思って」

言いながら鞄から新品の軍手を出して、ひらひらと振ってみせた。

「ええと……？」

「校庭が穴だらけでしょ。タイムカプセルが出なかったせいだと思うと、寝覚めが悪くてね。仕事が忙しくない日は半休取って、穴の埋め戻しを手伝うつもり」

「ああ、それで軍手なんですね」

「そういうこと。着替えたいんだけど、部室を使って大丈夫かしらね？」

「でしたら体育館の女子更衣室へどうぞ。新聞部には男子の篠山がいますし、ここは鍵がかかりません。今から小野寺さんたちを案内するので一緒に出てください」

野尻はつっけんどんに言って、退室を促した。いつの間にか机から日誌が消えている。美久たちが話している間に片付けたのだろう。

やっぱり、日誌は見られたくないよね……。

告発を残したのは三郷だ。長谷は内申点と引き替えに野尻の叔母の転落事故を隠匿した人間だ。いくら昔のこととはいえ、仲良くしたいとは思えないだろう。

長谷さんと話す時は私も気をつけよう、と美久は心に留め置いた。


習峯の校舎はどこかレトロな趣だ。白壁に細い長方形の窓。廊下の床は落ち着いたライトグレーで、全体の色味が抑えられている。すれ違う生徒が古風なデザインの制服を着ているせいか、古い映画の中に迷い込んだようだった。

「昔のままね」

長谷がしみじみ呟くのが聞こえて、美久は顔を向けた。

「そんなに変わりませんか？」

「怖いくらい昔のままよ。建物は古くなったけど制服のデザインは変わってないし。タイムスリップってこういう感じかもね」

今も昔も十五歳から十八歳の生徒が集まり、授業を受け、部活動に励んでいる。髪型や服装が校則で定められ、ますます昔と変わらない光景をつくるのだろう。

美久の前を歩く百々花が野尻に言った。

「そういえばジリちゃん、数字のらくがきが見つかったのはどこ？」

「見て行きますか？　途中にあります」

野尻は廊下を進み、昇降口に近い一角で足を止めた。スライドドアの向こうに忙しく働く大人の姿を見つけ、百々花が感心した顔になった。

「なんと、職員室。大胆な犯行だね」

「らくがきはここにありました」

クリーム色のドアに塗り直した跡があった。微かにペンキの匂いがする。

百々花はドアに顔を近づけた。

「なんとなく読めるね。……3、……4、8かな」

「＊2＊2－3403412です」

野尻が淀(よど)みなく答えたので、美久はびっくりした。

「覚えてるの？」

「いいえ、メモしました」

野尻の手には小さな紙があった。

「登校したら先生がペンキを塗るところだったんです。早い時間だったので、慌ててメモしました。前日にはなかったので、これを見た生徒はごくわずかでしょう」

「うちの生徒もこういう悪さをするのね。昔はもうちょっとお上品だったわよ？」

長谷が面白がると、野尻はうるさそうに目を細くした。

百々花がドアを見つめて腕組みした。

「アスタリスク……かけ算すればいいのかな。それとも空欄の代わり？」

「わかりません。数字のらくがきは職員室の他に、図書室と三年C組で見つかりました。すべて赤いスプレーで、同一犯と思われます」

「そのメモ、見せてもらっていい？」

どうぞ、と野尻が美久にメモを渡した。

『図書室　513404−0141320２　井井
　3年C組　1545324155
職員室　＊2＊2−3403341２』

百々花が横からメモを覗き込んだ。

「桁数も数字もまちまちだね。どういう法則だろ」

「柵みたいな模様も気になるね。実際の書式にヒントがあるのかも」

「じゃあ、篠山君が見せてくれた画像をコピーさせてもらおっか」

その時、職員室からぽっちゃりした中年男性が出てきた。

私服の美久と長谷、慧星の制服姿の百々花は明らかに部外者だ。中年の教員は奇妙な一団をちらりと見やって、自校の生徒に尋ねた。

「何してるんだ野尻？」

「霞田先生、いいところに。今、他校の人にらくがき現場を紹介しています」

「なんでそうなった！」

もっともな疑問を無視して野尻はマイペースに続けた。

「こちらはタイムカプセル発見のため外部から招集された有識者です。そしてこの霞田先生こそがペンキで数字を塗り潰した当人です。先生、ペンキを塗った時はどんなお気持ちでしたか？　ぜひ新聞部にコメントを」

「先生、お久しぶり」

長谷が声をかけると、教師は初めてそちらに目をやった。

「ああ、どうも……えーと」

「ちょっと卒業生の顔を忘れないでくださいよ。しかも初担任の生徒でしょ？」

教員はまじまじと長谷を見つめ、ぎょっとした顔つきになった。

「お前ミサトか⁉　驚いたな！　何年ぶりだ？」

「二十五年です」

「………老けたなあ」

「失礼なっ！　先生だって当時はイケイケだったじゃないですか。その情けない腹の肉、ハンサム賞が泣きますよ！」

「お前っ、そんな大昔の話っ」

慌てる教員を後目に、長谷はにやにやして野尻を見た。

「今じゃただのおじさんだけど、大人気だったのよ。霞田といえばハンサム、ハンサムといえば霞田ってね。小麦色の肌に笑顔がチャーミングとか言われちゃって」

「やめないか、恥ずかしい」

「まんざらでもなかったくせに。ま、見てのとおり実際は大した顔じゃないけど。若い男性だから五割増しで恰好良く見えたのよねえ」

話すうちに記憶が蘇ってきたのか、二人は賑やかに当時を振り返った。

もっと話したくなったのだろう。長谷が美久たちに目配せした。

「ごめん、あなたたち先に行って。体育館の場所はわかるから」

「そうさせてもらおうか」

百々花が言うと、野尻は得意の確認をした。

「二十五年前のゴシップ——もとい、愉快な学校生活が聞けなくなりますが、よろしいですか？」

「よろしいよ。さあさあ次」

百々花は名残惜しそうにする野尻の背中を押した。

美久は長谷たちに会釈をして二人に続くと、職員室から十分に離れたところで野尻に尋ねた。

「野尻さん、恵美さんの転落事故のことは二ツ屋さんに相談した？」

新聞部と野尻の依頼、どちらもタイムカプセルの発見を目的としながら、個別に依頼があったことが気になっていた。

野尻は言いにくそうに口を開いた。

「相談してません。先輩は根っからのゴシップ体質なので」

あー、と百々花が妙に納得した調子だ。

話題性があると率先して情報を拡散する二ツ屋である。二十五年前に謎の転落事故があり、その関係者がそばにいると知れば、喜んでネタにするだろう。しかし、だからといって不義理な人間ではない。

「ああ見えて、二ツ屋ちゃんの倫理観はしっかりしてるよ。みーちゃんが〈エメラルドの探偵〉だってことも黙ってくれてるし。自称ジャーナリストが伊達じゃないのはジリちゃんのほうが詳しいんじゃない？」

「……わかってます。でも先輩は長谷さんを慕っていて。すてきな大先輩だって」

「そうなの？」

美久は意外な思いがした。二十五年前、長谷は内申点と引き替えに沈黙した。日誌のNが野尻の叔母だと知らないとしても、ジャーナリズムに重きを置く二ツ屋が長谷を慕うとは思えない——そこまで考えて、はっとした。

「もしかして、二ツ屋さんは日誌のあの記述読んでないの？」

「はい……話すタイミングを逃してしまって。先輩は日誌の存在も知らないはずです。私が見つけた時、日誌は埃だらけで何十年も誰も触ってないようでした」

タイムカプセルに写真を入れたのは三郷の独断だ。長谷は問題の写真が現存すると知らず、そして二ツ屋もまた、何も知らずに長谷を慕っているのだ。

「うーん、二ツ屋ちゃんに今この話をするとややこしくなりそうだね」

百々花がぼやくと、野尻は肩を落とした。

「ただでさえ新聞部はガセネタで学校を騒がせたと非難されています。こんな状況で叔母の話はできません。長谷さんが来る前なら違ったかもしれませんが……」

それで個人的に私に依頼したんだ、と美久は得心した。

「わかった。じゃあ、転落事故のことは私たちだけで調べよう。何かわかったら二ツ屋さんたちにも相談するけど、それでいい？」

「はい、お願いします」

話がまとまったところで百々花がくるりと踵を返した。

「決まりだね。善は急げ、現場チェックに行こう！」

3

放課後のグラウンドは運動部で賑わっていた。一見、変わったところはないが、視線を校舎側へ転じると奇妙な光景が広がっている。

校舎とグラウンドを隔てる緑地帯は土砂と穴の不毛地帯と化していた。これ以上荒らされないためか、ロープを張った三角コーンが等間隔に配置されている。

「ひどいね」

百々花が呟いた。美久も同感だった。濡れた土と腐葉土の臭いが鼻を刺激する。低木やツツジなど、ある程度大きなものは無事だが、他の植物は一切ない。

「卒業生が掘ったのはどのあたり？」

美久が尋ねると、野尻が校舎の端を指した。校舎の手前三メートルほどの地点だ。周囲に障害物はなく、少し離れたところに渡り廊下がある。

「タイムカプセルはアルミのアタッシェケースだそうです。七、八十センチほど掘ったところに埋め、真上に目印の苗木を植えたとのことでした。先生たちに聞き込みをしたところ、その木はずいぶん前に撤去したそうです」

「タイムカプセルを埋めて十数年……忘れられちゃったかあ」

三年すれば生徒はほぼ全員入れ替わる。タイムカプセルを知る教員も日々の業務と目の前のことに追われ、失念したのだろう。

「そうだ、当時の写真を預かったんだ」

美久は鞄から紙製のミニアルバムを出した。捲ると、古くなったビニール部分がぱりぱりと音を立てた。

色褪（いろあ）せた二十五年前の記録は、卒業証書を手にした集合写真から始まり、生徒たちがシャベルやスコップを手に作業する様子が記録されていた。

「本物みたいですね」

野尻が呟いた。

長谷から預かったものだが、これほど凝ったものを偽造するのは難しいだろう。

目当ての一枚はアルバムの最後にあった。五、六人の生徒が笑顔でピースしている。顔や手に土をつけた彼らの後ろに、植えたばかりの苗木と校舎が写っていた。

美久は写真を目線の高さに持ち、現場と見比べた。

「苗木があるのは、建物の一番端の窓の斜め手前だから……あれ？　卒業生が掘った場所、あってるみたい」

野尻が指した地点と苗木の位置は同じだ。卒業生は穴を埋めて帰ったはずなので、今ある穴は、張り紙に触発された生徒が掘ったのだろう。

百々花は進入禁止のロープの上に身を乗り出して、穴を覗き込んだ。

「深いね、一メートルはありそう。場所は間違ってないのにカプセルが見つからなかったとなると……わあ、困った」

埋めた場所も深さも間違いないが、タイムカプセルだけが消えた。

そんなことが起こるとしたら、考えられることはひとつだ。

「誰かが先に掘り返した……？」

「アタッシェケースがひとりでに移動するわけないしね。ジリちゃん、今回の事件以前にこのあたりが掘り返されたって話、聞いたことある？」

「いいえ。穴を掘れば土が剝き出しになりますよね。そういうことがなかったかを含めて在校生にあたりましたが、そうした事実や噂はありませんでした」

「となると、掘り返されたのは三年以上前ってことかな」

問題は『いつ』『誰が』やったのかだ。

「無関係な生徒が掘り返すとは考えにくいよね。そもそも、ここにタイムカプセルがあるって、どのくらいの生徒が知ってたのかな。目印の木もなくなってるし、何かアクシデント――」

言いかけて美久ははっとして野尻を見た。

「目印の木って撤去されたんだよね。伐採？　それとも掘り返されたの？」

「どういう意味でしょうか？」

「根ごと掘り返して撤去してたら、タイムカプセルもその時に出てないかな」

野尻は目を見張った。

「なるほど、考えてみませんでした。さっそく先生に確認します」

「それなら、このまわりで工事とか造成してないかも訊いてみて」

百々花が付け加えた。タイムカプセルが埋められた場所は校舎に近い。地下に配管があるかもしれないし、耐震工事などで周辺を掘り返すことがあったかもしれない。なんといってもタイムカプセルが埋められてから二十五年の幅があるのだ。

そう考えると、美久は一抹の不安を覚えた。

「情報、集まるかな」

工事は記録を確認できるが、何者かが無断でタイムカプセルを掘り出していたら当時の在校生の記憶だけが頼りだ。記録を調べるのと併行して、卒業生と連絡を取る方法を考えなければならない。

難題になりそうだと感じた時、野尻が言った。

「心配無用です。習峯は伝統ある校風と高い進学実績で人気があり、親子やきょうだいが通うケースが少なくありません」

「そっか、ジリちゃんの叔母さんも通ってたもんね」

「はい。他にもそうした生徒がいるので確認しましょう」

よろしく、と百々花は応じ、言葉を続けた。

「それにしてもジリちゃん、よく入学を許してもらえたね。叔母さんの事故があってご家族はいい顔しなかったんじゃない？」

ただの転落事故で片付けるには疑問の多い出来事だ。昔のこととはいえ、野尻の父方は習峯に良いイメージがないだろう。

「叔母が応援してくれたんです。初めは誰よりも反対しましたが、私の本気を知って両親を説得してくれたんです。恵美おばさんは優しくて面白くて私の憧れです」

「仲いいんだね。だから叔母さんと同じ学校で勉強したかったんだ」

百々花が言うと、野尻は困ったようにはにかんだ。

「子どもの頃、初恋は高校生だったと叔母から聞いたんです。付き合っていることは友だちにも秘密で、二人は授業中や休み時間にこっそり目配せしたそうです。小学生だった私にはその話が大変刺激的で、甘酸っぱくて……。叔母が恋を知った世界をこの目で見たくて習峯に進学しました」

百々花はからからと笑った。

「天下の有名校に対して、すごくすてきな動機不純だね」

照れくさそうにする野尻を見て、美久も顔を綻ばせた。叔母のことが大好きで慕っているからこそ、転落事故の真相が気になるのだろう。

「よーし、在校生への聞き込みはジリちゃんにお任せして、調査頑張ろう！　何が手がかりになるかわからないし、見落としがないように記録しないと」

百々花が気合いを入れ、パシャパシャと周辺を撮影した。

美久も二十五年前の写真と同じアングルになる地点を探した。見比べることで新たな発見があるかもしれない――そう考えて、閃いた。

「野尻さん、七十四期生以降の卒業アルバムって見られる？」

「古い卒業アルバムですか？」

「うん。アルバムって毎年つくるよね。球技大会とか運動部の写真に、この場所が写ってないかな」

卒業アルバムなら学校に保管されている。運が良ければ、木が撤去された時期や、土が掘り返された状況を確認できるかもしれない。一年毎に二十五年の経過を確認できるのも都合がいい。美久が説明すると、野尻は二つ返事で引き受けた。

あらかた現場を調べたところで、三人は部室へ戻ることにした。数字のらくがきや張り紙の犯人について意見を交わしながら校舎二階へ上がる。

先頭を歩く百々花はスマートフォンで校内を撮影していた。画面を見ながら百々花が部室のドアを開けた、その時だ。

「おおあっ⁉」

いきなり百々花が美久の視界から消えた。

足を前に滑らせ、仰向けにひっくり返ったのだ。後頭部を床に打ちつける刹那、間一髪のところで美久が受けとめた。

「モモちゃん大丈夫⁉」

「ありがと、平気だよ。ひゃー、びっくりした」

百々花は美久の膝に頭をのせたまま、ひょいと片足を上げた。

来賓用のスリッパに模造紙が絡まっている。

「校内新聞？　なんでこんなものが――」

百々花は声をとぎらせ、驚いた顔で一点を見つめた。

美久はその視線を辿り、ようやく異変を知った。

「な……っ」

椅子や机がなぎ倒され、書類が床に散乱している。

新聞部の部室が嵐でも通ったかのように、めちゃくちゃに荒らされていた。

部屋を離れたのはせいぜい二十分。わずかな時間に何が起きたというのか。

「どうしたみんな、入り口で固まって」

廊下の角から声が響いた。二ツ屋だ。その後ろに篠山の姿もある。二人は怪訝な顔でやってくると、部室の様子に表情を一変させた。

「げ⁉ 何だこれ！」

「ジリ何があったの！」

「わ、わかりません、私たちも今戻ったところで」

部員たちに動揺が広がった。荒らされた部室を前に右往左往するが、混乱は長く続かなかった。

「二ツ屋ちゃんジリちゃん、所定の場所から動いた物を教えて。篠山君は撮影、言われたもの全部撮って。それが終わったら全員でなくなった物がないか確認ね」

百々花がスカートの埃を払いながら指示した。生徒会長として数々の難局を乗り切った少女はこの程度のことで動じない。

落ち着き払った百々花を見て、二ツ屋も少し冷静さを取り戻したようだ。

「先生に知らせないんですか？」

「あとでいいよ、状況がわからないと報告のしようがないから」

嫌がらせか泥棒か。はっきりさせるためにも現状を把握するのが先だ。

そこからの行動は早かった。新聞部は百々花の指示で確認と撮影を済ませ、盗(と)られたものがないか検めた。部費と部員の財布は手つかずで、一眼レフも無事だ。

どうやら物取りではないらしい。

「嫌がらせのほうですかね。最近、新聞部は嫌われ者だからなあ」

二ツ屋がぼやいた時、野尻が悲鳴を上げた。

「どうしたジリ？」

「に、日誌が……！　日誌が破られてます！」

野尻が古いキャンパスノートを手にしているのを見て、美久はぎょっとした。

「それ二十五年前の日誌？　破られたって、まさか」

「はい、あのページがありません！」

「え、何の話？　なんで古ぼけたノートが破られるの？」

事情を知らない二ツ屋が目を白黒させた時、ドア口から声が響いた。

「うわっ、こんなに散らかしてどうしたの？」

スーツ姿の長谷が床に散乱した書類を避けながら部室に入ってきた。

「長谷さん。今――」

二ツ屋が答えようとした時だった。

野尻が肩をそびやかして、長谷の鼻先にノートを突きつけた。

「あなたがやったんですね！」

「は？」

「見られたら困るものがあるからやったんでしょう！」

「ジリどうした、故障した？」

二ツ屋が軽口で場をなごませようとしたが、野尻は追及を緩めなかった。

「体育館へ着替えに行くと言ったのに、なぜまだスーツなんですか」

「そのつもりだったけど、更衣室に鍵がかかってて」

「では今まで何をしていたんです？」

「久しぶりだから校内をちょっと――」

「つまりアリバイはないということですね！」

「そこまで！　ジリ本当にどうしたの、大先輩に何つっかかってんのよ？」

二ツ屋が間に割って入ると、野尻は怒りに満ちた目で叫んだ。

「部室を荒らしたのはこの人です！」

指差された長谷は眉間に皺を寄せた。

「話が見えないんだけど。なんで私が部室を荒らすの？」

「まだとぼけるんですか！　この日誌を探して部屋を荒らしたんでしょう、不都合な記述を抹消するために！」

　長谷は日誌の表紙に記された年度を見て、意外そうな顔をした。

「その日誌、まだあったのね」

「白々しい……！　そう発言すれば容疑者から外れられると？」

「ジリ！　やめな、らしくない！」

「では先輩は、この人以外の誰が日誌を破いたというんです!?」

「アプリか張り紙に踊らされた生徒じゃないの？　タイムカプセルを見つける手がかりになると思ってやったんでしょ」

「そんなの、可能性があるというだけです！」

「ジリの言うことだってただの可能性じゃない！　だいたい長谷さんが日誌を破くわけは？　新聞部の大先輩がそんなことする理由がどこにあるの」

「それは……！」

「確証のない話は聞かないよ。いつも言ってるでしょ、新聞部は真実と秩序を重んじる。これが私たちの基本ルールでしょうが。それができないジリはパパラッチや噂好きと同じだよ」

　野尻はもどかしそうに唇を噛み、キッと二ツ屋を睨んだ。

「二ツ屋先輩のあんぽんたん！」

「あんぽんたん⁉」

野尻は二ツ屋にノートを投げつけ、部室を飛び出した。

「痛っ⁉　こらジリ！　ああもう！　すみません用があるなら篠山に！」

二ツ屋は野尻を追いかけた。かわいそうなのは篠山だ。急に女子部員が言い争いを始めたかと思えば、後始末を押しつけられてしまった。

篠山は恐々とした様子で長谷を見た。

「………なんか、野尻がすみません」

「いいわ、気にしてないから。それより何があったか詳しく話して」

最初に部室に戻ったのは美久と百々花だ。部室を離れて二十分ほどで戻ると部屋が荒らされていたこと、盗まれたものはなく日誌だけが破かれていたと伝えると、長谷は顔をしかめた。

「事情はわかった。一応弁解すると図書室に行ってたの。昔のアルバム借りにね。ハンサム先生の写真でも見て皆で笑ってやろうと思ったんだけど……そんな空気じゃなくなったわね。今日は帰るわ。篠山君、悪いけどアルバム返しておいて」

「あの、大丈夫ですか」

美久は長谷を呼び止めた。犯人扱いされるなんて気持ちのいいことではない。引きずらないか心配したが、卒業生はあっけらかんとしていた。

「本当に気にしてないわよ。明日も来るから、二ツ屋さんによろしくね」

長谷は余裕の笑顔で部室をあとにした。

美久たちは視線を交わし、散らかった部室に目を戻した。

「……とりあえず片付けよっか。篠山君、もう顧問の先生に知らせていいよ。ここは私とみーちゃんでやっとくから」

「じゃあ、お願いします」

篠山がぺこっと頭を下げて職員室へ向かった。

美久は野兄が投げ捨てた日誌を拾った。確認すると、三郷の告発部分だけが乱暴に破り取られている。

二ツ屋の言うように生徒がやった可能性もある。だが……。

考えながら日誌を棚に挿した。と、あと三センチほどを残して背表紙が動かなくなった。力を込めてもそれ以上入らない。

怪訝に思って棚を覗くと、奥にくしゃくしゃになった紙が見えた。ノートに挟んであったものが落ちて、潰れたようだ。

紙を引っ張り出すと、名簿と書いてあるのが見えた。皺を丁寧に伸ばして広げる。どうやら二十五年前のものらしい。部員の名前が学年別に並んでいる。

何気なく氏名を眺め、美久はぎょっとした。

「え……あれ⁉」

「どうしたの、みーちゃん？」

「モ、モモちゃんこれ！」

美久は名簿を見せた。

百々花はぴんとこない様子だったが、ある事実に気づくと表情を一変させた。

「これ、どういうこと……⁉」

美久と百々花は顔を見合わせ、隅々まで確認した。

やはり間違いない。

「――長谷さんの名前がない」

新聞部の大先輩。

そう名乗った卒業生の名は、どこにも記されていなかった。

第二話
天使の分け前ii

1

午後五時半。美久と百々花は珈琲エメラルドにいた。

部室が荒らされたと教員に届けたため、今日の調査はお開きとなった。明日も習峯に行くが、調べなければならないことは山積みだ。

百々花がココアにふうっと息を吹きかけると、湯気と甘い香りが漂った。

「ぱぱっと習峯のトラブルを解決してアプリの話ができると思ったんだけど……みーちゃん、ややこしい話になってごめん」

「ううん、これが〈エメラルドの探偵〉の仕事だから」

美久は答えながら、内心で頭を抱えた。アプリの騒動を鎮静化させるという依頼のはずが、事件は雪だるま式に膨れ、難易度は右肩上がりだ。

「タイムカプセルは行方不明で、校内中に発掘を煽る張り紙がされた上に、奇妙な数字のらくがき。しかもカプセルには二十五年前の事故に関わる秘密の写真があるかもで、何者かが部室を荒らして日誌からその記述を破り取った――習峯は盛りだくさんだなあ」

百々花は独り言のように呟いて、カップの縁から目線を上げた。

「長谷さんの名前、新聞部の名簿になかったね」

「うん……。長谷さんのフルネームは長谷ミサトだよね」

中年の教員が長谷のことをそう呼んだのだ。

「イニシャルはＭ・Ｈ。やっぱり長谷さんが〈ＭＨ〉かな？」

美久も同じことを考えていた。二十五年前の日誌で告発されたイニシャルと同じ人物が、元新聞部と偽って出入りしているのだ。偶然のはずがない。

「考えてみたら、有休を使って穴を埋め戻しに来るのもおかしいよね」

学校の校庭が掘り返されたことに責任を感じるからといって、休日返上で土木作業を買って出るだろうか。

「他に狙いがあって学校に来てるってこと？」

百々花に訊かれ、美久は考えながら答えた。

「もし長谷さんが〈ＭＨ〉で、転落事故の写真のことを知ってたら、誰にも見られたくないよね。タイムカプセルが見つからないように見張りに来たとか」

あるいはタイムカプセルが見つかった時、即座に写真を回収できるように。

穴を埋め戻すという説明より、こちらのほうがずっとしっくりくる。

百々花がココアのカップで両手を温めながら呟いた。

「長谷さんこと〈MH〉は、ある時サンゴウさんがタイムカプセルに写真を隠したと知った。それで元新聞部と偽って母校に戻り、ついでに他の証拠が残ってないか新聞部を家捜しした――うん、部室荒らしの動機も成立する」

「二十五年前の卒業アルバム、借りてくればよかった。クラス写真とか部活動紹介を見れば、長谷さんが何者かはっきりしたのに」

「明日見せてもらおうよ。素性はそれでスッキリする」

美久は頷いた。それにわからないことばかりではない。

「少なくとも長谷さんの手元にタイムカプセルはないよね。もし写真を手に入れてたら、学校に来る必要ないから。まだ発見してないか、簡単に取り出せないところにあるんじゃないかな」

「となると、やっぱり事件の鍵はタイムカプセルだね！」

習峯では様々な騒動が起こっているが、その中心には常にタイムカプセルがある。

タイムカプセルが見つかれば、アプリで過熱した発掘騒動は鎮静化し、二十五年前の転落の真相も明らかにできる。

百々花が長谷から預かったミニアルバムをぱらぱらと捲った。

「じつはタイムカプセルは埋めてない――ってことはないね。これだけの人の目を盗んで埋めないなんて不可能だよ。埋めた地点にない以上、誰かが移動させた」

「タイムカプセルがいつ掘り出されたか、そこから調べてみようか。誰かが何かしたのかもしれないし、アクシデントで紛失したのかも」

「みーちゃんが言ってた、目印の木が撤去されたって話だね！　もしそうなら、タイムカプセルが学校のどこかに保管されてるはず」

　その時、百々花のスマートフォンが鳴った。ＳＮＳの通知のようだ。画面を確認した百々花が小さく吹き出した。

「ジリちゃんからだよ。『先ほどは見苦しいところをお目にかけてすみません。頭に血がのぼって、思わず飛び出してしまいました』だって。校庭の画像は部員で手分けして送ってくれるって。二ツ屋ちゃんと仲直りできたのかな？」

　二十五年分の卒業アルバムから、タイムカプセルが埋められた場所の写真を探してほしいと頼んだ件だ。百々花が話す間も通知音が響いた。

「噂をすれば。ナイスタイミング」

　通知音が断続的に続く。鳴りやまない通知に美久は心を動かされた。

「二ツ屋さんたち、もう対応してくれたんだ……部室が荒らされて大変なのに」

「ジャーナリスト魂だね。この心意気には結果で応えなきゃ。みーちゃんも見られるようにデータを生徒会のクラウドに上げるね。アクセス権送るよ」

まもなく美久のスマートフォンにオンラインストレージサービスのURLが送られてきた。百々花の手を借りてアプリの基本設定とパスワードを入力する。

慧星学園生徒会のオンラインストレージには、年中行事や会議といったフォルダが並んでいる。『習峯』のフォルダは一番下にあった。

「データはここ。全部画像だよ」

百々花が習峯のフォルダをタップすると、ローディングマークが表示され、ファイルの読み込みが始まった。その総数、千八十一。

「えっ、千……!? 画像だよね!?」

いくら何でも多すぎる。故障かと慌てる美久に、百々花が得意げに答えた。

「私が習峯で撮った写真もアップしといたんだ。これだけあれば情報の抜けはないよ。アプリのトラブルに関して、ゆーき君に報告書を出す約束もしてるし、これで報告書も完成、一石二鳥!」

美久は衝撃を受けた。たしかに百々花が熱心に写真を撮る様子を目にしたが、これほど大量とは。

ていうか、報告書って言った？　これ、報告書？

　読み込まれたファイル名がものすごい速さで画面を流れていく。映画のエンドクレジットを四倍速で見ているみたいだ。しかもファイル名は自動保存の英数字で、ファイル名だけでは何の画像か想像もつかない。

「数字のらくがきの現場写真も篠山君からもらったから、どっかにあるよ。やー、いろんな手がかりをスマホ一つで見られるなんて便利な世の中だね！」

「………モモちゃんが生徒会長だった時の報告書って、こんな感じ？」

「ん？　資料を集めることはあるけど、主な仕事は結果を出すことかな！　あとは報告書にサインするだけ」

　つまり膨大な情報を読み解いて報告書を作成するのは副会長や書記長だったのだ。

　悠貴君と七里君って、本当にすごく優秀なんじゃあ……！

　データの読み込みが終わらない画面を前に美久は震えた。もはや英数字のファイル名はゲシュタルト崩壊を起こして文字として認識できない。

　その時、日本語のファイルが目に飛び込んできた。

　新聞部が送ったものだろう。『校庭の写真××年度』という形式の一群で、同じ年度に複数枚ある場合は末尾に通し番号を振る丁寧さだ。

「じゃ、じゃあ……二ツ屋さんたちが送ってくれた写真から確認しようか。古い年代から見たほうがいいよね」

美久は心の中で新聞部に深く感謝し、ファイルを開いた。

画像は集合写真だった。季節は初夏。白いテントを背に、ジャージ姿の生徒たちが強い日差しに目を細めている。卒業アルバムを接写で撮ったのだろう、薄緑の台紙部分に『体育祭実行委員』と印字があった。

生徒の後方に目を転じると、校舎とタイムカプセルの埋められた地点が確認できる。

百々花が自分のスマートフォンを操作しながら言った。

「二ツ屋ちゃんのデータ、八割方、体育祭実行委員の集合写真だね。うん、撮影された地点もほとんど変わらないし、比較しやすい」

「タイムカプセルが埋められたのは二十五年前の卒業式だから、目印の苗木が最初に確認できるのは二十四年前の――――あった」

二十四年前の体育祭写真に、ひょろりとした木があった。

美久は二十三年前、二十二年前と年代を遡った。

「あ、渡り廊下ができてる。この年に作られたんだ」

草地だった校舎東側に渡り廊下が出現した。タイムカプセルが埋められた場所からそう離れていないが、目印の木に影響はなさそうだ。

「二十一年前の写真だと、まわりに花が咲いてるよ。渡り廊下の設置に合わせて整地したんだね」

百々花の言うように二十一年前の風景は華やかだ。渡り廊下の脇にアジサイが咲き乱れ、一面赤紫色に輝いている。周辺の土も入れ替えたようで、緑地帯の地面は柔らかく膨らみ、若草が伸びやかに育っている。

十八年前の写真では、目印の木は樹木と呼ぶにふさわしい佇まいになっていた。しなやかな枝葉は校舎三階に届き、大きな葉を茂らせている。

異変は十五年前の写真にあった。青々と茂っていた葉は萎れ、生気がない。

そして十四年前。写真から木が消えた。写真の主役は体育祭実行委員なので見づらいが、生徒の後方にぽつんと残った切り株が確認できる。

百々花は脱力したように椅子に体を沈めた。

「伐採のほうだったか……アクシデントの線はなしかあ」

「だけど一つわかったね。この時点では、まだタイムカプセルは地中にある。木が邪魔で穴は掘れないはずだから」

「そっか。あとの写真に何か写ってるかも」

年代を下るにつれて、切り株は朽ち、雑草に埋もれた。

七年前の写真では木があった痕跡もなくなり、以降はただの緑地だ。写真は一瞬を切り取ったものなので絶対とは言えないが、人為的な変化は見受けられない。

美久はスマートフォンから顔を上げた。

「どの年も掘り起こしたあとがないね。何かあったとしたら今年度以降かな」

「ジリちゃんはそういう話は聞かないって言ってたよ。そうなると、本当にごく最近何か起きたことになる。うーん……これ以上、埋められた場所からタイムカプセルの所在を推理するのは難しそうだね」

「そうだね。他にタイムカプセルと関係する情報といえば……」

「黒板の張り紙だね。誰かが謝礼金でタイムカプセル探しを呼びかけたやつ」

「あと数字のらくがきも。こっちも卒業生がタイムカプセル発掘に失敗してから始まったよね。ただのいたずらじゃなくて、意味のある数字なのかも」

「数字かあ……。みーちゃん、らくがきの画像出せる？　篠山君からのやつ」

「そ、それなら野尻さんのメモがあるよ。借りてきたんだ」

一千枚のデータからファイル名のわからない画像を見つけるのは至難の業だ。アナログのほうが確実だ。

野尻のメモを渡すと、百々花は礼を言って受け取った。ぬるくなったココアをすすりながらメモを眺める。

「数字はハイフンで区切られてるから、塊で意味があるのかな。アドレス、局番、カード、銀行口座、座席表……シンプルに暗号？　ＲＳＡ暗号とか、でも鍵が……アスタリスクが手がかり？　数式に直して三つの数字の輪が……」

ぶつぶつ言いながら目を閉じた。暗算しているのか唇が微かに震える。

不意に、カッ、と百々花の目が見開かれた。

「みーちゃん！」

「は、はい！」

「全然解けないよ！」

「解けないんだ⁉」

いかにも答えに行き着いた雰囲気ではなかったか。

百々花は照れ笑いした。

「闇雲にやったら、やっぱり五里霧中だよ。もー頭がぱんぱん。朝から使いすぎたかも。みーちゃん時間ちょうだい。一回態勢を立てなおす」

ココアを一気飲みして、ふーっと深く息を吐く。

「ごちそうさま。よし、寝よう！」

「寝る？」

「うん、三十分くらいしたら今度こそ――」

しゃべりながら百々花の頭がぱたん、とテーブルに落ちた。

「モモちゃん⁉」

美久が泡を食って駆け寄ると、百々花は寝息を立てていた。

テーブルの縁に額をつけて、器用に眠っている。

ほっとして力が抜けた。

活発な百々花は休み方も豪快らしい。電池が切れるという表現がぴったりだ。

美久は百々花の肩に自分のコートをかけ、テーブルの向かいに戻った。少しでも調査を進めておきたかった。とはいえ、手元の資料には目を通してしまった。

残る資料は……。

視線がスマートフォンに吸い寄せられた。なかなか手が伸びないが、見ないわけにもいかないだろう。美久は覚悟を決めてクラウドにアクセスした。

「わあ……」

何度見ても千枚を超える画像の一覧は圧巻だ。画像はフォルダに入れただけで、分類やタグなど、見やすくする工夫もされていない。

天才のノートは汚いというが、それに通じるものがある。

「こまかい作業は得意じゃないって言ってたけど」

テーブルにつっぷした百々花を見て美久は笑みをこぼした。

ファイル名を変更していないなら、撮影した日時順に並んでいるはずだ。画像を一枚一枚確認し、事件と関係のありそうなものを探した。地道な作業を黙々とこなす。

二十分ほど過ぎた頃、ふわりとコーヒーが香った。

美久のテーブルに淹れ立てのコーヒーが差し出された。

驚いて顔を上げると、トレイを手にした真紘が微笑んだ。

「店からのサービスです。ずっと画面を見てると目が疲れるよ。一息入れて」

「ありがとうございます。モモちゃんがいっぱい写真を撮ってくれて、手がかりがないかチェックしたんです。悠貴君への報告書も兼ねてるらしいんですけど」

そう言ってから、美久は気づいた。

そうか、悠貴君もこの写真を見てるかもしれないんだ。

なんだかんだ言って、悠貴は謎を解くのが好きだ。半ば強引に連れて行ったテーマパークでも謎解きイベントだけは楽しみにしていた。

……悠貴君、何してるのかな。

そばにいた時は何でもわかった気がするのに、今はどこで何をしているのか想像もつかなかった。いつからこんなに離れてしまったのだろう。

「ずいぶん変わった事件だね」

真紘の声に美久ははっとした。

クビだと言われたのに探偵を続けていることを咎められると思ったが、真紘は生徒会の手伝いをしていると勘違いしたようだ。いつもの調子で鷹揚に言った。

「あるはずのものが消えるなんて、天使の分け前みたいだね」

「天使の分け前、ですか？」

「蒸留酒の製造過程で起こる現象だよ。ウィスキーやワインを樽で熟成させると、アルコールが少しずつ蒸発するんだ。環境によるけど、年間で二パーセント前後かな。そのなくなった原酒の分をエンジェルズシェア——天使の分け前と呼ぶんだ」

密閉した樽から酒が消える。昔の人は奇妙な現象に驚いたことだろう。原理を知らなければ、誰かに盗まれたと考えてしまいそうだ。

「天使が飲んだと思うと、何だか許せちゃうだろう？」

朗らかに言われ、美久は笑みをこぼした。

「本当ですね」

笑うと、緊張が緩むのを感じた。長時間画面を眺めていたせいで、知らずのうちに体が強張っていたようだ。真紘はそれに気づいて話に来てくれたのだろう。

すごいなあ、真紘さん。

さりげない心配りが心地良い。この頃、悠貴のことで微妙な空気になる場面が多かったが、変わらず接してくれるのが嬉しかった。

美久はテーブルに広げたミニアルバムに目を戻した。

「……タイムカプセルも天使が何かしたんでしょうか」

そんなことはありえないが、こうも手がかりがないと夢想してしまう。

「二十五年も置いておいたら、ほとんど蒸発するだろうなあ」

真紘はおっとりと答えてから、ふと言った。

「この苗木、ギンドロかな」

その視線はミニアルバムに向いている。二十五年前の卒業生が苗木を手にアップで写った一枚だ。

「真紘さん、なんの木か見ただけでわかるんですか？」

「もう少し生長した写真があれば特定できると思うよ」

「ちょっと遠目ですけど、これ」

二十年前の体育祭実行委員の画像を見せると、真紘は頷いた。

「うん、ギンドロだ。この木、まわりの植物より白っぽく見えない？　葉の裏が白いのが特徴なんだ。風に揺れると緑と白のコントラストが涼しげで、人気のある植物だよ。こういう場所に植えるのは不向きだと思うけど」

「そうなんですか？」

「油断するとすぐに大きくなるんだ。虫もつくし、根から萌芽が……ああ、写真でもわかるよ。ほら、地面にギンドロと似た小さい植物が出てる」

真紘が画像の一部を拡大して、緑地に生えるひょろりとした植物を指した。

たしかにギンドロの苗木に似ている。他の年の画像を確認すると、かなり離れた場所でも萌芽が確認できた。

「すごい生命力ですね」

「ギンドロは大きいもので二十メートルになるよ。七階くらいの高さかな」

校舎より遥かに高い巨木を想像して、美久は感嘆の息を漏らした。

「写真の木、もうないんです。ある年から枯れて、その次の年には切られて。画像だと、こんなにきれいな緑をしてるのに……」

「病気か根腐れかな。紅葉や花に目はいっても、樹木自体の異変は注意して見ないと気づけないのかもしれないね」

植物は季節を教えてくれる。しかし樹木一本一本の変化を見ているかと問われればそうではない。根を下ろして動かないから常にそこにあるように感じられるが、永久に存在するわけではないのだ。

人も一緒だ……ずっとそこにいるわけじゃない。

美久の脳裏に悠貴の後ろ姿が浮かんだ。

変わらずにあるようで、内面は変化する。毎日少しずつ、気づかないうちに変わっていく。そして気づいた時には取り返しのつかないほど遠く――

「小野寺さん」

我に返ると、真紘が気遣わしげに美久を見ていた。

「無理しないようにね」

なぜだか調査のことだけでなく、悠貴とのことを言われた気がした。

はい、と美久が答えると、真紘は小さく頷いてカウンターに戻っていった。

美久はコーヒーに口をつけた。悩むのは性分じゃない。今はタイムカプセルのことだ。テーブルに広げた資料を眺め、もう一度情報を整理する。

掘り返した形跡がないのに消えたタイムカプセル。元新聞部員と偽って奇妙な行動をする卒業生。タイムカプセルの発掘を煽る張り紙に、数字のらくがき。それぞれの意図も犯人もわからないままだ。

「うう、全然進んでない……！」

山積した謎に目眩がした。だが解決の糸口を見つけなければ。今回の依頼は〈エメラルドの探偵〉のこれからを決める事件でもあるのだ。

今日撮ったグラウンドの写真、見直してみようかな……何か見落としがあるかも。スマートフォンのロックを解除すると、体育祭実行委員の集合写真が表示された。先ほど真紘に見せたまま、画像を閉じるのを忘れていた。

笑顔の生徒の後方にギンドロの爽やかな緑がある。真新しかった渡り廊下は雨風でほどよくさびれ、そのまわりを赤や青のアジサイが彩る。ツツジや低木も伸びやかに育ち、見事な緑地帯だ。

「あれ？」

美久は目を瞬いた。何に引っかかったのか、自分でもわからなかった。

写真を見つめるが、原因が摑めない。別の画像を開いて見比べる。何度もその作業を繰り返し、手を止めた。

違和感の正体がわかった。

「ふぁあー」

百々花が顔を上げ、大きく伸びをした。額に一直線についたテーブルの痕をものともせず、すっきりした表情で美久を見た。

「よーし、完全復活。みーちゃんお待たせ、後半戦頑張ろう！」

「おはようモモちゃん、あのね、起きたばっかりでなんだけど」

「うん？」

「タイムカプセルがどこにあるか、わかったかも」

「ふーん、そうな——ええっ⁉　どこ！」

これまでの情報と合わせて説明すると、百々花は目を丸くした。

「さすがみーちゃん、私が寝てる間にそこまでわかっちゃうなんて！　でもそうなると長谷さんは何をするつもり？」

「そのことなんだけど、二十五年前の卒業アルバムでわからないかな」

手元に資料がないので仮説の域を出ないが、気づいたことを伝える。

話を聞き終えた百々花は感心した様子で何度も頷いた。

「なるほど！　すごい、みーちゃん！」

「ただの推理だし、合ってるかまだわからないよ」

美久は慎重だったが、百々花は輝く笑顔を見せた。

「なに言ってるの、〈エメラルドの探偵〉の推理に間違いはないよ！」

力強く言い切られ、美久は苦笑いした。

だけど、今は私が〈エメラルドの探偵〉なんだ。

適当な予測やいい加減な推理はしていない。結果はわからないが、それだけは自信を持って言い切れた。

2

翌日の昼下がり。美久と百々花は再び習峯を訪れた。

補講期間の校内は下校する生徒と授業に向かう生徒で賑わっている。テストから解放された賑やかさと補講の怨嗟（えんさ）が入り交じった不思議な空気だ。

生徒たちの間をすり抜けて階段へ向かう途中、廊下の先にすらりと背の高い生徒が見えた。

えっ、悠貴君？

美久は驚いて視線を戻した。しかし気のせいだったようだ。そもそも慧星の悠貴が習峯にいるはずもない。

悠貴君の幻を見るなんて、やっぱり私、自信ないのかな。一人で推理したの初めてだし、悠貴君に相談できたらって頭のどこかで考えてる……。

「どうかした？」

百々花に訊かれ、美久は首を横に振った。

「ううん、何でも。謎解きのことでちょっと緊張してるみたいで」

「私はワクワクかな。きっとみーちゃんの推理どおりだよ」

そうだといいな、と美久は心から思った。

新聞部の部室に入ると、二ツ屋、野尻、篠山の三人が待っていた。

「ご要望のアルバムを用意しておきました」

挨拶もそこそこに野尻が卒業アルバムを差し出すと、二ツ屋が怪訝な顔になった。

「二十五年前の卒アル？　なんでまた？」

「………………」

「ヘイ、ジリ。卒アルを持ってきた理由を教えて？」

「すみません、聞き取れませんでした」

音声アシスタントのセリフそのままに拒否され、二ツ屋は地団駄を踏んだ。

「きーっ、かわいくない後輩だ！」

どうやら仲直りは済んでいないらしい。篠山が言った。

「この人たち面倒なんで話を進めてください」

「篠山まで冷たいな！」

二ツ屋が悲しんでみせたが、篠山は「はいはい」と軽くあしらう。仲良くケンカといった雰囲気に百々花が笑った。

「そうさせてもらうよ。机借りるね」

百々花は美久にも見えるようアルバムを机に置いた。目当ては生徒の個人写真だ。写真はクラスごとに収録されている。左上に担任教諭の写真があり、それよりやや小さなサイズで三十余名の顔写真がずらりと並ぶ。証明写真のような妙に明るいライトブルーの背景と画質の粗さが二十五年前という時代を感じさせた。

「うわ、それ教頭⁉　若っ！」

横から覗き込んだ篠山が声を高くした。何十年と勤める教員が多いのだろう。新聞部の三人は百々花がページを捲るたびに悲鳴やら驚嘆の声を上げた。

「ねえ、これ数学の先生じゃない？　ぷっ、なんで王冠かぶってるの？」

「二ツ屋先輩、ミスターハンサムらしいです、ハンサム……ハンサムって」

笑い声につられて美久は担任教諭の写真を見た。

小麦色の肌に眩しい笑顔。若い男性教諭の頭には確かに王冠が載っている。その胸には太陽の形を模したギザギザの勲章があった。勲章にマジックで『ハンサム』と書かれていなければ、それなりに恰好がついたかもしれない。

あっ、長谷さんが話してた写真ってこれだったんだ。

美久は昨日のやりとりを思い出し、確信を深めた。やはり長谷は七十四期の卒業生で間違いないのだ。問題は――

不意にノックの音が響いた。ドア口から見知らぬ男子生徒が顔を覗かせる。

「すみません、図書委員です。ここに七十四期生の卒業アルバムってあります？」

「あるよ」

二ツ屋が軽く応じると、図書委員は頬を膨らませた。

「困るよ、資料は閲覧のみで貸出してないんだから」

「そうなの？」

「すぐ返してください。閲覧したいって人を待たせてるんです」

「それは――あー……まあ、お茶でもいかが？」

二ツ屋は美久たちの様子を横目で見て、時間稼ぎを始めた。二ツ屋とケンカ中の野尻と篠山も加わり、のらりくらりと図書委員の返却要請を引き延ばす。

「みーちゃん、いた」

その時、百々花がアルバムの一点を指した。

三年C組のページだ。体育祭での一枚だろうか、仲の良さそうなグループ写真に色白の可愛(かわい)らしい少女がいる。顔立ちはどこか野尻に似ていた。それもそのはずだ。少女のジャージには『野尻』の名前がある。

百々花は長い黒髪がアルバムにかからないよう耳にかけ、もう一箇所指差した。

――――やっぱり!

推理どおりの結果に美久は飛び上がりそうになった。百々花と視線を交わして頷く。

ここからは百々花の仕事だ。

「お待たせしました、アルバムありがとうございます」

百々花が謝罪を添えて返すと、図書委員はぷりぷりしながら帰っていった。

二ツ屋が心配そうに百々花を見た。

「調べたいこと、わかりました？」

「うん、おかげさまで謎が解けたよ。タイムカプセルの場所もわかった」

「えっ⁉」

「どこです、タイムカプセルはどこに隠されているんですか！」

前のめりになる野尻を二ツ屋が抑えた。

「待った、こんなところで話を聞いても、また新聞部の自演って言われるでしょうが。答えを聞くのはみんなの前、私たちが真実を知るのも現場でだけだよ。それがジャーナリズムってものよ」

威勢の良い言葉に百々花は満面の笑みを浮かべた。

「じゃあ、一緒に真実を掘り出しにいこっか」

「は？　掘る？」

「うん。そろそろ長谷さんも来るだろうし、手伝ってもらおう」

「それは難しいのでは。あの人は穴を埋め戻すために学校へ来ています」

野尻が渋い顔をした。〈ＭＨ〉は長谷――二十五年前の写真を葬るのが目的で、タイムカプセル探しに協力するはずがないと野尻の目が言っている。

しかし百々花の考えは違った。

「大丈夫、必ず手伝ってくれるよ。ということで二ツ屋ちゃん、学校側への穴掘り申請と説得よろしくね」

「へ……っ」

百々花は可憐な笑顔で最大の難題を放ったのだった。


――それから一時間後。


習峯のグラウンドに二ツ屋の怒声が飛んだ。

「ちょっと、泥がかかる！　水平に持つ！」

「すいません、重くて……っ」

疲弊気味に応じた篠山の腕はぷるぷると震えている。手にしたバケツは子ども用のように小さいが、こんもりと盛られた土のせいでかなりの重量だ。

ジャージやストレッチ素材の服に着替えた美久たちは校舎の隅を掘っていた。

その中には長谷の姿もある。

百々花が言ったとおり、長谷は難色を示しながらも協力してくれたのだ。野尻は疑わしそうにしたが、反対はしなかった。人手が多いに越したことはないからだ。

作業は大変なものだった。単純作業で簡単そうに思えるが、穴が深くなるにつれて中で作業できる人数は減る。自然と掘る係、土をバケツに入れる係、バケツを受け取って土を運ぶ係の三役に分かれ、交代で進めるようになった。

野次馬が遠巻きに集まって、新聞部の挑戦を面白そうに眺めている。校舎の上階にも人が集まっているらしく、話し声や笑い声が降ってきた。

空のバケツを受け取った篠山があえいだ。

「本当にこんなとこにタイムカプセルが埋まってるんですか？　卒業生が埋めた場所から相当離れてますけど」

もっともな疑問だ。今掘っているのは校舎の東側、渡り廊下のすぐ横だ。

美久は正直に答えた。

「たぶん」

「たぶん⁉」

二ツ屋がざくざく地面を掘りながら絶叫した。不確かだと聞かされても手を止めないとは見上げた根性だ。

「大丈夫、ちゃんと出てくるよ」

百々花が請け合ったが、二ツ屋は目を三角にした。

「それはそうでしょうけども！　ジャーナリストの命を捧げることになると思わなかったものですからね！」

「ジャーナリストの命？」

「筋力ですよ、私の両腕の筋肉！　明日から当分シャーペン持てないわ！」

やけっぱちの叫びに美久たちは声をたてて笑った。しかし笑っていられたのも最初のうちだ。一時間もすると、慣れない肉体労働に体が悲鳴を上げた。

「腕痛い……」

「私は腰にきています」

すり鉢状の穴は深いところで七十センチに達したが、まだごく一部だ。タイムカプセルが真下にあるのか周辺にあるのかは掘ってみないとわからない。

午後四時を過ぎて雲は黄金色に輝いている。日が陰ると汗が冷えて肌寒く感じられた。日没まで三十分とない。暗くなればタイムカプセル探しもそれまでだ。

いつの間にか野次馬もいなくなり、校舎の軒下で退屈そうにスマートフォンをいじる生徒と教員がいるばかりだ。

その時、バケツが転がる音がして、長谷がうんざりした顔で言った。

「もうやめましょ。最初からわかってた、こんなところに埋まってるはずない」

「どうして断定できるのですか？」

野尻が問うと、長谷は鼻を鳴らした。

「二十五年前に埋めた場所と全然違うからよ」

「その場所からは何も見つかりませんでした」

「だからもういって言ってるの、誰かが先に掘り出したんでしょ！」

「誰かとは誰です」

長谷は不愉快そうに唇を結んだ。

野尻が追及しようとした時、穴の中から篠山の疲れた声が響いた。

「そうですよ。これだけやって出てこないんだから、ここじゃないんですよ」

「……正直、私も」

二ツ屋までが作業の手を止めた。諦めの雰囲気はあっという間に伝染して、沈黙に変わる。疲労も手伝って、重苦しい空気が流れた。

二ツ屋はバケツを手にしゃがみ込み、独りごちた。

「そもそも掘るなら卒業生が埋めた場所の近くだよね。なんでここなの」

「理由、説明する？」

百々花が言うと、二ツ屋はがばっと顔を上げた。

「それはだめ!!　まだ何の結果も出てない！　こんな半端な状況で説明聞いたら失敗だと認めたも同然じゃ――あれ、見つからなかったっていうのも答え……？　頑張ってもだめな時あるし、いや、だったら最初に推理聞けば防げたんじゃ」

ぶつぶつ言いながら頭を抱える。自分の言葉で混乱してきたようだ。

「いい線行ってると思うんだ、もうちょっと頑張ろうよ」

百々花の呼びかけに篠山が不平を鳴らした。

「もうちょっとって簡単に言いますけど、さっきから水が染み出してるんですよ！」

「土壌が変わったんだね。まだ掘れる？」

「そういう問題じゃなくて！　もうここ絶対違いますって！」

苛立ち（いらだ）に任せ、篠山がシャベルを穴に突き立てた。と、カンッ、と甲高い音が弾け（はじ）た。土や岩とは明らかに異質な、金属がぶつかる音。

全員の視線が篠山に集中した。

「………今の、何」

二ツ屋が問うと、篠山は首をひねった。

「さあ？」

「さあ、じゃなくて確認！」

どやされた篠山は首をすくめ、穴の底を探った。

軍手をはめた手で水っぽい泥をかきわける。すると、泥と腐った木の根の下から平たい金属が現れた。空き缶ではなさそうだが、暗くて判然としない。

「ライトください！」

野尻が懐中電灯で照らした。底のほうで金属のプレートが鈍く光る。篠山が丁寧に泥を拭うと、表面にマジックで書かれた文字が読み取れた。

『××年度卒業、第七十四期生タイムカプセル』

篠山は呆けた顔で穴を覗き込む美久たちを見た。

「出ました、タイムカプセル」

わあっ！　と歓声とも驚嘆ともつかない声が沸き上がる。

「うそ……ウソウソウソすごい！」

「本当にあった……！」

「篠山、一人で取り出せる⁉　あっ、やっぱ待った、撮影！」

二ツ屋はバケツを放り、近くに置いた学生鞄からスマートフォンを取って戻ってきた。カメラを起動して興奮気味にシャッターボタンを連打する。

タイムカプセルが地上に引き上げられると歓声はいっそう高くなった。

アタッシェケースは小さなトランクほどの大きさだ。一部が腐食しているが、大きな損傷はない。

用意しておいたタオルで野尻が表面を拭い、留め具の間に入った泥を掻き出した。

二ツ屋は一通り撮影を終えると、離れたところに立つ長谷に駆け寄った。

「もっと近くにどうぞ！　タイムカプセルと一緒の写真、撮りましょう！」

「え、ええ……」

長谷の表情は引き攣っていた。

さあさあ、と二ツ屋が笑顔で長谷の腕を取る。

「先輩、その人を捕まえておいてください」

野尻が言うや否や、アタッシェケースの留め具を外した。

「は!?　ちょ、ちょっとジリ！」

慌てる二ツ屋を後目に力任せにふたを開ける。ガコッ、と音がして、閉じ込められていた空気が溢れ、湿った紙の匂いが漂った。

居合わせた誰もが呆気に取られた。

ケースの中は縦長の茶封筒でいっぱいだった。氏名の書かれた封筒はそれぞれの思い出のもので膨らんでいる。野尻は封筒を掻き分け、手を止めた。

「あった……！」

その手にはライトグリーンの洋封筒があった。表書きに『新聞部』とある。

野尻が躊躇もせず封を破るのを見て、二ツ屋は悲鳴を上げて走った。

一方、長谷は後退りした。身を翻して逃げようとした時、今度はその腕を百々花が取った。美久も長谷の前に立って退路を断つ。

「何考えてんのよ!?　勝手に見るなんて！」

二ッ屋の怒声が響くが野尻の耳には届いていなかった。封筒から出てきたものを握りしめ、凝視している。

異様な後輩を前に二ッ屋は声をとぎらせ、野尻の手元を覗き込んだ。そのとたん、二ッ屋の顔が驚きと嫌悪に歪んだ。

「何その写真」

野尻は答えなかった。無言で美久たちの方へ来ると、写真を突きつけた。

「やっぱり事故じゃなかった」

それは地上から非常階段を写したものだった。女子生徒が背中を下にして、今まさに踊り場の手すりから落ちようとしている。

落下の瞬間を捉えた恐ろしい一枚。だが写っているのはそれだけではなかった。

踊り場の建物側に人がいる。

建物の陰になって上半身の一部しか見えないが、習峯の制服だろう。黒っぽいジャケットにタイピンが光を反射して、暗い影の中で凶星のように光を放つ。

その人の腕は女子生徒へと伸びていた。少女を突き落とした様子、そのままに。

写真の意味を理解した瞬間、美久は怖気(おぞけ)を震った。

これが当時の新聞部員が未来に託した事実。これこそが二十五年前の転落事故の真相であり、『MHの秘密』なのだ。

あれ、この人……？

美久が写真をよく見ようとした時、野尻が長谷に詰め寄った。

「あなたが恵美おばさんを突き落とした」

「違う……、そうじゃない」

「タイムカプセルをここに隠したのもあなた。この写真が見つかると困るから。穴を埋め戻す手伝いなんて言って私たちを見張ってた。タイムカプセルが見つからないように邪魔しに学校に来てた！」

「違う！」

「待った待った、何の話してんの⁉」

二ツ屋が話に割り込んだ。篠山も置いてけぼりを食らって困惑している。

「二十五年前、私の叔母はここの生徒でした。でも卒業することは叶いませんでした。三年生の文化祭の時、非常階段から落ちたからです」

野尻は叔母の不可解な転落について語った。その事故に関する記述を二十五年前の日誌で見つけたこと、重要な写真がタイムカプセルに入れられたらしいこと、そして昨日、その記述のページが破り取られたこと。野尻は長谷を睨みつけた。

「昨日、二十五年前の活動日誌を隅から隅まで読み直しましたが、長谷の名は出てきません。新聞部に長谷という生徒はいなかったんです！」

二ツ屋はあんぐりと口を開けた。

「は……？　じゃあ、この人は誰？」

疑惑の目が長谷に集中する。長谷は声を震わせた。

「わ、私は——」

「あなたはこの写真を処分するために習峯に戻った。タイムカプセルを隠し、新聞部だと嘘を吐いて不都合な記述を破り捨てた。あなたが〈ＭＨ〉！」

野尻が断罪するように呼ぶと、長谷は声を高くした。

「だから違うって言ってるでしょ！」

「だったらなぜ大人のあなたが高校に出入りするんです!?　後ろめたいことがあるんでしょう、見つかると困るものがあるんでしょう！　違いますか、あなたは何もしていないと、野尻恵美の顔を見て言えるのですか！」

長谷は言葉に詰まった。図星をつかれてうつむく姿は、その場にいる誰よりも小さく見えた。

冷たい視線が注がれる中、声が響いた。

「長谷さんが言ってることは本当だよ。少なくとも長谷さんはタイムカプセルを隠してない」

擁護したのは百々花だ。

野尻は眉を顰めた。

「どういう意味ですか？」

「ジリ待った、個人的な話はあと。これはタイムカプセルの取材だよ」

唐突に二ツ屋が遮り、目線で周囲を示した。

いつの間にか生徒が集まっている。タイムカプセルを発見した時の歓声を聞きつけたのだろう。生徒たちは掘り出されたアタッシェケースと美久たちを見て、ひそひそと話している。スマートフォンを構え、動画を撮る生徒までいた。

誰もが学校中を巻き込んだタイムカプセル騒動の顚末を知りたがっている。こんな状況で長谷を断罪すべきではない。野尻も頭ではわかっていたはずだ。

「でも先輩――」

「大丈夫、城崎さんは全部わかってる」

タイムカプセルの場所を特定できた百々花なら、それに連なる事情も把握している。

二ツ屋はそうわかっているのだ。

「長谷さんも聞いてくれますか。あなたも知りたいはずです」

美久が声をかけると、長谷は目をそらした。だが逃げる様子はない。

二ツ屋はスマートフォンを動画に切り替え、百々花に向けた。

「城崎さんの推理したとおりの場所からタイムカプセルが見つかりました。発見、おめでとうございます。どうしてここだとわかったんですか？」

百々花がちらりと美久を窺った。

推理したのは美久だが、新聞部が話を聞きたいのは慧星学園の元生徒会長だ。美久が表に出ることはない。それが〈エメラルドの探偵〉のあり方だ。

美久が微笑むと、百々花は背中を押されたように顔を上げた。

「簡単だよ。アタッシェケースが動いたんだ」

「何者かがアタッシェケースを埋め直したんですね」

「ううん、人は関係ない。ケースが地中を移動したから、埋めた場所から消えた。だから見つからなかったんだよ」

「ははあ、ケースがモグラみたい土の中を――――って、んなわけないでしょ⁉　すみません、私も疲れてるんで丁寧に説明をお願いします丁寧にっ」

集まった生徒たちから笑いが起こった。

「じゃあ、順番に説明するね。まず見てほしいものがあるんだ。七十四期の卒業生からタイムカプセルを埋めた時の写真を提供してもらったんだけど」

百々花と二ツ屋が話す間に、美久は鞄から資料一式を持って戻っていた。長谷のミニアルバムを渡すと、百々花は礼を言って話に戻った。

「このとおり、タイムカプセルは校舎のそばに埋めて、目印の苗木を植えた」

二ツ屋はスマートフォンのレンズをミニアルバムに近づけた。

「先日、卒業生代表が掘ったあたりですね。タイムカプセルは間違いなくここに埋められていたわけですね」

「うん。次に七十四期以降の卒業アルバム――二十五年分の写真を確認したんだ。目印の木やまわりが掘り返されてないかチェックしたけど、人の手が加えられた形跡はなかった。調べたかぎり、そういう噂話も出てこない。もちろん写真にない時期に盗掘された可能性はあるよ。けど動機が乏しい。穴を掘るのって大変だったでしょ？　無関係の生徒があんな苦行をしてまで掘り返すと思えないんだ」

「七十四期の卒業生にミュージシャンのスエッグツヨシさんがいますね。タイムカプセルにある思い出のものが狙われたのでは？」

「スエッグさんは三十歳でブレイクしたし、当時の在校生はタイムカプセル自体知らないんじゃない？　仮に知ってても目印の木が邪魔で掘り返せなかったはずだよ」

なるほど、と二ツ屋は相づちを打った。

「では、なぜタイムカプセルは埋めた場所から消えたんでしょうか」

「木だよ」

「木？」

「今話した目印の木が原因なんだ」

百々花はスマートフォンを出し、体育祭実行委員の集合写真を見せた。

野次馬の生徒たちが身を乗り出す。遠目で見えないとわかっていても、好奇心から体が動いたのだろう。

百々花は二ツ屋にわかるように画像を拡大し、背景の樹木を指した。

「この木はギンドロといって、葉の色がきれいで人気があるんだ。だけど生長がすごく早い。鉢で育てる分にはいいけど、地植えすると大きくなりすぎる。この木も植えられて十年くらいで校舎二階の天井まで届いてる」

一年ごとに撮られた写真をスライドで見ると、生長は一目瞭然だ。ひょろりとした苗木が信じがたい早さで大木へと変化する。

「木の重量を支えるのは根だよ。頭ばっかり大きくなったら倒れちゃうからね。根の張り方は樹木の種類や土壌によって様々だけど、ギンドロは防風林に使われるくらい丈夫な木で、根張りもしっかりしてる。それに」

百々花は写真を二十二年前のものに戻し、完成したばかりの渡り廊下を示した。

「ギンドロが植えられた数年後に周囲が整備されたのも影響したはずだよ。地面が掘り返されて、土が柔らかくなったんだと思う」

「つまり、タイムカプセルは木の根に押されて移動したということですか？　それはちょっと無理が……植物に物を押す力があると思えないのですが」

二ツ屋が口にした疑問は、集まった生徒に聴かせるためだ。丁寧な聞き取りに美久は感心した。百々花も意図を心得ているようで、わかりやすい例を出した。

「ど根性大根って聞いたことない？　アスファルトを突き破る植物が時々ニュースになるよね。植物の育つ力は凄まじいよ」

「根が大きくなって、近くにあった物が押されて動いたということですね。話はわかりました。しかしなぜタイムカプセルがここにあるとわかったんです？　木の根がどう伸びて、アタッシェケースがどう移動したかなんて知りようがありません」

百々花は可憐な顔でにやりとした。

「それを教えてくれたのは、あれだよ」

指差したのは、先ほど掘った穴の横に群生する植物だ。

葉は枯れ落ち、茎がウニのように飛び出している。一見、何の植物かわからないが、在校生の二ツ屋は植物の最盛期の姿を記憶していた。

「アジサイですか？」

「うん。毎年きれいに咲いてるよね。昔の写真でも確認できるよ。これとか」

百々花は体育祭実行委員の集合写真を何枚か見せた。渡り廊下をアジサイの赤紫が彩る。年を追うごとにアジサイの株は太く、大きな花をつけるようになった。

「アジサイって品種で色が違うけど、土壌によっても色が違うのは知ってる？」

「有名な話ですね。土が酸性かアルカリ性かで違うんでしたっけ」

「そうそう。酸性は青、中性からアルカリ性ならピンクから赤系の色になるんだ」

頷きかけた二ツ屋がはっとした様子で百々花のスマートフォンを覗き込んだ。

「待って！　アジサイが青い……？　古い写真では一面赤紫でしたよね、突然花の色が変わった!?　もう一度、初期の画像を見せてください！」

食い入るように写真を確認する姿に美久は目を細めた。

昨日、この変化に気づいた時はとても驚いた。そしてアジサイの変化の原因を調べるうちにタイムカプセルとの繋がりに行き着いたのだ。

その顚末が百々花の口から語られる。

「さっき土壌によって色が変わるって言ったけど、正確にはアジサイの色の元となるアントシアニンが、とある物質と結合することで発色が決まるんだ。その物質が溶けやすいのが酸性の土壌で、アルカリ性の土壌では溶けにくい。つまり、アジサイが青くなったのは、ある年からその物質が地中に増えたってこと」

「その物質とは何ですか？」

「アルミニウムイオンだよ」

二ツ屋が目を見張った。

「タイムカプセルはアルミのアタッシェケース……！　だから城崎さんはここに埋まっているとわかったんですね！」

「うん。アジサイの変色は一部の株だけでしょ。土中で局所的に変化があったと考えたんだ。アタッシェケースが腐食してアルミが溶け出したのも一因だろうけど、一番はタイムカプセルが動いてできた空間と、雨だと思う」

「雨？」

「雨は弱酸性。日本は雨が多いから地中のカルシウムやマグネシウムが流されて土壌が酸性に傾きやすいんだ。ギンドロが枯れたのもケースが動いた空間に雨水が溜まって根腐れしたせいじゃないかな。その影響が歳月をかけてアジサイに及んだ」

淀みない説明に二ツ屋は感嘆の息を漏らした。

「鮮やかな推理です。推理を組み立てる上で一番の苦労は何ですか？」

それは、と百々花が答えかけた時だ。

「お前たち！」

いきなり校舎のほうから声がして、ぽっちゃりした中年の教員が駆けてきた。

「ああっ、こんなに散らかして！　教頭先生が来るぞ、怒られる前に片付け――」

「これは何の騒ぎだ！」

かぶさるように響いた怒声に、教師は肩を縮めた。注意しに来るのが一歩遅かったようだ。なだめようとする教員を無視して、教頭は二ツ屋に詰め寄った。

「そこのアジサイを掘り返したのは君たちか」

「はい、行方不明のタイムカプセルを見つけました！」

「許可は？」

「生徒会から取りました！」

「バカモン！　生徒会にそんな権限はない！」

昭和の雷親父のような怒声が落ちたが、二ツ屋はすっとぼけた。

「そうでしたっけ？」

どうやら許諾を得ずに掘り起こしていたようだ。教頭が学校の規則を説き始めたところで百々花が美久に目配せした。

美久にはそれで通じた。百々花に頷き返し、輪を離れて長谷と野尻に声をかける。

「ここはモモちゃんたちに任せて、行きましょう」

タイムカプセルは見つかったが、事件は終わっていない。

まだ最大の謎が残っている。

3

美久、野尻、長谷の三人は新聞部に場所を移した。ドアに鍵がかからないので完璧とは言えないが、他に落ち着いて話せる場所を知らない。

せめて冷静な話し合いを、と言いたいところだが、そうはいかない状況だ。

野尻が机に写真を叩きつけた。

「タイムカプセルを隠したのはあなたでないことはわかりました。でもこれは」

言葉を切り、机の向かいに立つ長谷を睨みつける。

タイムカプセルから見つかった写真には転落する女子生徒と、彼女を突き落とす人影がはっきりと写っていた。

長谷は写真から目をそむけた。強張った表情に後ろめたさが覗く。

「この写真について教えてください」

「………」

「答えて！　二十五年前、なぜ野尻恵美を突き落としたんです！」

「野尻さん落ち着いて」

美久がなだめると、野尻は目を三角にした。

「こんな状況で落ち着いてなんか——」

「写真をよく見て」

美久は語調を強めた。野尻が写真に目を向けるのを待って説明する。

「恵美さんの制服は今の制服と一緒だよね。二十五年前も同じデザインだった」

黒のブレザーに濃紺のタイ。色味を抑えたレトロな制服は今も昔も変わらない。

「それが何か？」

「写真の人──恵美さんを突き落とす人物は黒っぽいジャケットを着てる。色は似てるけど制服じゃないし、胸元で星みたいなものが光ってるよね。タイピンか何かだと思うけど……これ、男物じゃないかな」

「男……!?　そんなはず」

野尻は写真を食い入るように見つめた。注意深く見れば、ジャケットのデザインが制服と異なるのがわかるはずだ。建物の陰で顔や体格は判然としないが、高い位置から伸びる腕はがっしりとして、女子高生と思えない。

「恵美おばさんを突き落としたのは男性……じゃあ、長谷さんはこの男の命令で学校に来ていたんですか？」

「違う」

長谷が答えると、野尻は眼差しを鋭くした。

「騙(だま)されません。あなたは嘘を吐いた。二十五年前の新聞部に長谷という生徒がいないことくらい確認済みです」

「日誌は旧姓だから。私、結婚してる」

「指輪をしていません」

「穴を掘ってなくすと困るもの」

「よくもそんな見え透いた嘘を……！」

怒り心頭に発する野尻に美久は言った。

「本当だよ。昨日、職員室の前で先生が長谷さんの名前を呼んだの覚えてる？」

「……たしか、ミサトと」

「そう。その苗字なら新聞部の日誌にあった」

「苗字？」

「うん、私も『長谷ミサト』さんだと思ってた。先生が顔を覚えてたし、卒業生なのは間違いないよね。だから卒業アルバムを調べたの。長谷さんは本物の七十四期生だったよ。ただ、ミサトは名前じゃない。三つの郷と書いて、三郷。苗字ですよね」

美久は長谷を見た。答えは聞くまでもなくわかっている。

長谷が語ったことはすべて事実だ。そして野尻も三郷という名前を覚えているはずだ。野尻をここまで導いたのは彼女なのだから。

野尻は唖然として長谷を見た。

「新聞部の日誌を書いたのは……あなた？　記録係の三郷さん？　じゃあ、あなたがこの写真をタイムカプセルに入れた……」

長谷は微笑んだ。しかしその顔に隠し切れない苦悩と悔恨が滲む。

「初めてあなたの顔を見た時、もしかしてと思った。野尻さんの名前を聞いて、ああやっぱり恵美の血縁だって納得したわ」

「どうして三郷と名乗らなかったのです？　その名前を聞いていれば私は」

「できなかったのよ、あなたの顔を見たら……！　恵美と同級生だったなんて言えるわけないじゃない」

喉から絞り出すような声は嘘だと思えない。本音だからこそ野尻も困惑する。

美久は長谷に尋ねた。

「どういうことか、教えていただけますか」

「あなたたちが考えたとおりよ。私の目的はその写真を回収すること。誰かに見られる前に処分したくて、タイムカプセル発掘の卒業生代表になった」

野尻が眉根を寄せた。

「でも写真をタイムカプセルに入れたのは長谷さんですよね？　日誌に書かれたことと反対です、あなたは二十五年後、真実が明らかになることを望んだ」

「当時はそうだった。自分は正しいことをしてる、真実こそがすべてだって。だから恵美の希望を無視してタイムカプセルに写真を入れた。……でも時間が経つと本当にそれでよかったか、わからなくなった」

大学に進学して交友関係が広がり、年齢も価値観も違う人と知り合うたび、自分のしたことが正しかったのか疑問を抱くようになったという。そして社会人になる頃には、その思いは後悔へと変わった。

真実こそすべて。無邪気に信じていたことが、正しいと思えなくなっていた。

「私は傲慢だった。本当のところ、恵美のことをよく知ってたわけじゃない。中高が一緒のクラスメイト、昔から知ってるけど特別親しくもない。だからこんな残酷なことができたのよ。私は恵美を尊重しなかった。写真を処分してほしいと言われた時も甘っちょろい感傷だって心の中でばかにしたわ。恋に恋してるだけ、あとで後悔するだろうって。一度だって恵美の立場で考えなかった」

最低よ、と自分に吐き捨て、長谷は言葉を続けた。

「あの子がどんな思いで『事故』を選んだかわからない。ひとつ言えるのは、同じ過ちを繰り返せないってこと。二十五年も経って、また傷口に塩を塗るようなまねはできないじゃない。もう昔のことよ、写真を回収して全部終わらせようと思った。それなのに……」

「埋めた場所からタイムカプセルは出てこなかった」

美久が言葉を引き取ると、長谷は暗い面差しになった。

「あいつの仕業だと直感したわ」

「あいつ？」

野尻は目を瞬いたが、美久はついにその時が来たように感じた。

長谷の旧姓は三郷。新聞部の日誌に記録を残し、タイムカプセルに写真を入れた当人だ。ならば、転落の写真が表に出ると困る人間は他にいる。

「MHの秘密は土の中……恵美さんを突き落としたのが〈MH〉ですね」

建物の陰に潜む謎の人物。この人こそが〈MH〉だ。

野尻は口許を押さえた。

「そうだ、長谷さんは〈MH〉じゃない……。では〈MH〉は誰です？　イニシャルで呼ぶくらいです、長谷さんは誰か知っているんですよね!?」

「それは……」

「教えてください、〈MH〉の正体は！」

野尻に問い詰められ、長谷は口を開いた。だが声を発することはなかった。答えようとしない姿を見て、美久はわかってしまった。

転落の写真を見た時、気になることがあった。

ひょっとしたら。微かに抱いた犯人像はただの憶測だ。その直感が間違いではなかったことが、奇しくも長谷の態度から読み取れた。

野尻が犯人の名前を聞き出そうと食い下がるが、長谷は沈黙を貫いている。恵美の過去を暴かないよう奮闘してきた長谷がその名を口にできるはずがないのだ。

しかし事実を隠せる段階はとうに過ぎている。

美久は覚悟を決め、野尻に写真を差し出した。

「野尻さん、ジャケットの人をよく見て。胸元が光ってるよね」

「ネクタイピンですか」

「私もそう思ったけど、ピンにしては光が強いと思う。ピンよりずっと大きいし……形もそのまま、星形だよ」

野尻は顔を写真に近づけた。まだ記憶に新しいはずだ。つい数時間前、卒業アルバムで目にしたばかりなのだから。必要なのは思い出すきっかけの言葉だけ。

「その勲章、クラス写真のページにあったよね」

一拍、間が空いた。野尻の目が驚きに見開かれる。

クラスの個人写真の中で、その写真は一際大きく扱われていた。若い担任教諭は頭を王冠で飾り、胸には太陽を模したギザギザの勲章をつけていた。

「ハンサム賞……？　うそ……じゃあ、恵美おばさんを突き落としたのは」

「いるんでしょ、出てきたら」

出し抜けに長谷が言った。その視線はドア口に向いている。

閉めたはずのドアがなぜか細く開いていた。

——誰か覗いている。

美久がぎくりとした瞬間、ゆっくりとドアが開き、中年の男が現れた。

ぽっちゃりした体型に当時の面影はない。小麦色に焼けた肌も、輝くような笑顔も、女子生徒たちから人気があったのも、すべて過去の話だ。

「霞田先生」

野尻が声を震わせた。長谷はドア口に立つ教員に無感情に呟いた。

「やっぱり立ち聞きしてた。さっき教頭を呼んだの、あなたでしょ。昔からそうよね、先生は明るくて人気があって……人を操るのが巧かった」

「だけど日誌にはＭＨの秘密って……っ」

野尻が呟くと、長谷が答えた。

「あだ名よ。私が高校生の時、言葉を短縮するのが流行っててね。ミスターハンサムを略してＭＨ。当時の生徒なら誰でも知ってる呼び方よ」

「〈ＭＨ〉は霞田………先生が犯人？　そんな、どうして」

野尻は混乱し、後退りした。まるでその距離を埋めるように教員が部室に足を踏み入れた。

「誤解だ、野尻。……いや、誤解と言い切れないか。責任は俺にもある」

物憂げな声音に美久は心を動かされそうになった。何か事情があるのかもしれない。

そう思った時、長谷が呆れたように言った。

「責任って何の。二十五年前のこと？　それとも昨日部室を荒らしたこと？」

美久はぎょっとして長谷を振り返った。

「部室を荒らした？」

「そうよ、日誌からあの記述を破り取るためにね。……昨日、あなたたちに聞かれた時はとぼけたけど、日誌が残ってることは確認してた。だから職員室の前で別れたあと、霞田に聞かせてやったのよ。二十五年前の部活動日誌に転落事故の真相が書かれてるってね。この人、青くなったわよ。ノートを探すために部室をひっくり返したんでしょう？　室内を元に戻す時間がないから、いたずらに見せかけた」

野尻が困惑した顔で長谷を見た。

「どうしてそんなことを……」

日誌に記録を残したのは長谷だ。未来に真相を託すために書いたものを、なぜ今になって恵美を突き落とした犯人に伝えるのか。

「……タイムカプセルが見つからなかった時、真っ先に霞田の顔が浮かんだ。写真のことを知ってるのは私と当時の部員数人。誰かが口を滑らせたんだと思った。だって他にいないでしょ、タイムカプセルが出てきて困る人間なんて」

「長谷さんは、先生がアタッシェケースを移動させたと思ったんですね。習峯で働く霞田さんなら、機会も動機も十分にある」

「ええ、そう。だから日誌のことを霞田に話して、揺さぶりをかけた。ボロを出すと思った。運が良ければタイムカプセルを隠したところに行くんじゃないかって。まさか目印の木がタイムカプセルを移動させたなんてね」

呆然と話を聞いていた野尻が弱々しく頭を振った。

「わ、わかりません……。なぜ先生が恵美おばさんを突き落とすんです？　どうしてそんな状況に」

過去の話は避けて通れないと悟ったのだろう、長谷は腹を括った様子で答えた。

「恵美は霞田と付き合ってた」

野尻の目がこぼれそうなほど大きく見開かれた。

「付き合う……？　恵美おばさんと先生が？」

「なかなか話してくれなかったけどね。恵美本人から聞いたから間違いない」

美久も驚いたが、予測できないほどではなかった。

先ほど長谷は、写真の処分を望む恵美のことを『恋に恋してる』と揶揄した。恵美が誰かをかばって転落を『事故』だと主張したなら、その相手は限られる。

霞田はそれほど特別な人だったのだ――恵美の初恋は高校で始まったのだから。

野尻もその意味に気づいたのだろう。顔から血の気が失せ、棒立ちになった。

長谷が侮蔑のこもった目で霞田を見た。

「恵美が真剣だって気づいて、重くなった？　教え子と付き合う教師なんて体裁が悪いもんね。信用はガタ落ち、バレれば停職。騒がれると面倒だから黙らせたの？」

「あれは事故だ！　偶発的だった……！　別れ話をしたら彼女が取り乱して。俺は話し合おうとしたんだ、でも恵美は聞かなくて、もみ合いに……。わざとじゃない、本当に事故だった」

「そうね、先生の言うとおり。恵美が文化祭の日にひと気のない非常階段に行ったのは事故、あなたと鉢合わせしたのも事故、もみ合いになったのも事故だし、恵美が転落したのも当然事故だわ」

「そういう言い方はないだろう」

不満げに顔を歪める霞田に長谷は冷ややかに言い放った。

「言い方なんてどうでもいいのよ。あなたは二十五年前の古ぼけた記述を破り捨てるためだけに部室を荒らし、その犯行も隠した」

「……っ、それは万一にも誤解が出ないようにするためで」

「ただの保身でしょうが！」

長谷は咆え、悔しそうに奥歯を噛みしめた。

「やりきれないわ、こんなの……！　二十五年前、あんたは恵美に何もしてやらなかった。無関係を装ってやり過ごした。その上、今度は都合の悪いものを処分して嘘を重ねてる」

「だから誤解だと言ってるじゃないか、恵美から何を聞いたか知らないが――」

「あの子は何も言わなかったわよ！　一度だってあんたを悪く言わなかった！」

「何……」

「写真があったのよ⁉　告発することもできたのに、恵美は事故だって言い張った。十七歳の女の子がどんな気持ちであんたを守ったと思う？　あんたは遊びだっただろうけど恵美は本気だった。本気で先生が好きだったのよ！」

ばかみたい。そう呟いた長谷の表情は泣いているようにも見えた。

うなだれる長谷に代わって、野尻が口を開いた。

「霞田先生、教えてください。先生は恵美おばさんと交際して……非常階段から転落させたんですか？　それは事実ですか？」

野尻は不安げに教員を見つめた。その瞳に敵意や恨みの色はない。純粋に過去を知りたいと願う、切なる気持ちで問いかけていた。

二十五年前の出来事とはいえ、生徒と交際した上に故意にけがをさせたとなれば、一大事だ。周囲の霞田を見る目は変わるだろう。

長谷が低く言った。

「答えてあげたら。どうせ証拠はあるんだから。それとも、その二だ恵美に直接聞いたほうがいい？」

教員は息を詰めた。その視線が野尻の持つ写真に向けられる。

やがて霞田は諦めと覚悟のない交ぜになった表情で野尻を見た。

「あの転落は」

「待ってください」

その声は、美久たちから離れたところから響いた。

美久はドアロを振り返り、思いもしない人物を見つけた。

やわらかな黒髪に、端整な顔立ち。すらりと背が高く均整のとれた体躯に、凜とした佇まい。

「……悠貴君？」

慧星学園の制服を着た上倉悠貴がそこにいた。

そして、事態は急変する。

「霞田さん、それ以上しゃべらないでください。これは罠です」

悠貴の言葉を引き金に。

4

美久は唖然として悠貴を見た。なぜ習峯高校に他校生の悠貴がいるのか。もっとわからないのは、今の発言だ。

「どうして悠貴君がここに？　それに『罠』ってどういう意味？」

悠貴は美久に答えず、居合わせた人々に挨拶した。

「慧星学園の上倉と申します。城崎先輩の報告を受けて手伝いに上がりました。失礼ながら、途中から話を聞かせていただきました」

モモちゃんの手伝い？　そういえば、少し前に悠貴君を見かけたような……。

校内で悠貴らしき人を見かけたのを思い出した。あれは幻ではなかったのだ。

しかし百々花から悠貴が来るという話は聞いていない。サプライズで協力を頼んでいたのだろうか。

悠貴が野尻に歩み寄った。

「写真を見せてもらえますか」

「あっ、はい……」

野尻は唐突に現れた王子様のような他校生にぽかんとしながら写真を差し出した。

悠貴は礼を言って写真を確認し、納得した顔つきになった。

「やはりそうですか」

「やはり？　何がです？」

野尻が尋ねると、悠貴はにこりとした。

「この写真には何の意味もありません。事件を裏付けるものでもなく、まして霞田さんの罪を暴くものでもない」

えっ？　美久は耳を疑った。

「ばか言わないで、霞田が恵美を突き落とした決定的な瞬間よ！」

声を荒らげたのは長谷だ。写真を見れば転落時に何があったか、誰の目にも明らかだろう。しかし悠貴の意見は違った。

「そうですか？　僕には手を差し伸べているように見えます。霞田さんが助けようとして駆け寄った瞬間を撮ったのでは？」

「はあ……!?」

「写真は一瞬を切り取ったもの。前後の状況がわからないのに、なぜ突き落としたと断言できるんですか。見方によってどうにでも解釈できますよ」

長谷は苛立った様子で腰に手をやった。

「その犯人が今、自白するところだったのよ。あと少しで霞田が二十五年前の罪を認めたのに」

「……失礼ですが、何か勘違いされていませんか？　傷害事件の時効は十年、そもそも親告罪です。被害者が訴えてないのに第三者が騒ぐのはいかがなものでしょう」

「法律の話なんてしてない、これは私たちの問題よ！」

長谷が吼えると、悠貴は転落の写真を制服の内ポケットにしまいながら呟いた。

「あまり騒ぐと、ご自分の首を絞めることになりますよ」

「どういう意味よ」

「とぼけないでください長谷さん。いえ、三郷さんとお呼びしたほうがいいですか？　あなたが二十五年前にしたことが今回の騒動の元凶でしょう」

「ちょ、ちょっと待って、どうして悠貴君が知ってるの⁇」

美久はいよいよ混乱した。悠貴は今回の調査に一度も同行していない。長谷が三郷であることはもちろん、日誌の記述さえ見てないはずだ。

いったいどこでそんな情報を——そう思った時、悠貴がスマートフォンを振ってみせた。

「城崎先輩から報告を受けたと言ったはずだ」

「あっ、クラウドの画像！」

生徒会のオンラインストレージに百々花が保存した大量の画像だ。

新聞部の部室に始まり、グラウンド、習峯の校内、過去二十五年分の卒業アルバムから転写した体育祭実行委員の写真や、らくがき現場の写真もある。二十五年前の日誌も百々花が写真に撮っていた。

でも待って、モモちゃんが撮った画像のファイル名はただの英数字のはず……あの画像を全部見たってこと？　千枚以上あったのに？

美久は舌を巻いた。事件の詳細を知らない悠貴にとって、画像は巨大なジグソーパズルだ。膨大な枚数に目を通すだけでも骨が折れるというのに、不要な情報もかなり混ざっている。そんな状態で情報のピースを正しく読み解いて状況を把握するとは、相変わらず驚異的な情報処理能力だ。

だけど、それだけのはずない。悠貴君ならもっといろんなことがわかるはず。状況がわかったくらいで習峯に来たりなんか――

そこまで考えて、悠貴がクラウドにはない情報を口にしたことに気づいた。

「転落写真に写った人……建物の陰にいて顔がわからないよね。悠貴君、どうして写真の人が霞田さんだって知ってるの？」

「七十四期卒業生の卒業アルバムを見たからだ」

いつ、と問おうとして美久は息を吞んだ。

「だからさっき、図書委員の人がアルバムを……！」

閲覧申請が出ている、と図書委員が取りに来た。

閲覧希望を出したのは悠貴だったのだ。

「それで長谷さんが三郷さんだってことも知ってるんだ……」

美久は驚くばかりだった。悠貴は本当にクラウドの写真だけで習峯で起きている事件を把握し、その本質がどこに起因するか見抜いたのだ。だからこそ二十五年前の卒業アルバムを確認しに習峯へ出向いた。

じゃあまさか、悠貴君は事件の全容――謎が全部解けてる？

「習峯高校ではタイムカプセル探しが過熱しているようですが、他にも二つの事件が起きてますね。学校中の黒板に貼られたタイムカプセル発掘を煽る張り紙と、数字のらくがきです」

美久の予感をなぞるように悠貴が話を進める。

「ここに来る前に習峯の生徒に確認しましたが、張り紙も数字のらくがきも、卒業生がタイムカプセルの発掘に失敗した翌日から始まったそうですね」

そして、核心が告げられた。

「張り紙とらくがきの犯人は、長谷さん。あなただ」

「何言ってるの悠貴君……!?」

美久は面食らった。

長谷はタイムカプセルに入れた写真を処分しようとしていた。悠貴は聞いていなかったようだが、先ほど本人がそう告白している。

野尻も美久と同じ考えだった。

「張り紙は五万円をちらつかせ、タイムカプセル発掘を促す内容でした。写真を処分したい長谷さんには、タイムカプセルが見つからないほうが好都合です。だから穴を埋め戻すために仕事を休んでまで習峯に来ていたんです」

悠貴は首を横に振った。

「見つからないほうがリスクは高いでしょう。過去のこととはいえ、生徒の転落写真が発見されれば騒ぎは免れません。いつ誰が掘り起こすかわからない状態が続くより自由に動けるうちに手を打とうと考えるのが自然では？」

「それは……」

野尻は言葉に詰まった。

「決定的なのは数字のらくがきです。これを読めば、自ずと犯人を絞り込めます」

「悠貴君、読めるの？」

百々花が解読を試みたが、解読できなかった謎の数列だ。タイムカプセルとの関連もわからず、手がかりも少ないことから後回しにしていた。それを写真を見ただけで解いたというのか。

「数字の桁はばらばらだし、座標でも電話番号でもない。三つの数字の意味も読み解く手がかりもないのに、どうやって」

「それは城崎先輩の分析だな」

「う……っ、そうです」

「城崎先輩らしいな。だが数式で答えを導こうとしても解けるはずがない」

「どうして？」

「ただの文章だからだ」

数字が文章？

わかるようでわからない説明に首を傾げると、悠貴は全員に向かって説明した。

「らくがきの数字には大きな特徴がありました。注目すべき点は二つ。どれも四桁や十桁で、一の位に五以上の数字がないこと。そして二種類の記号です」

美久は野尻から預かったメモをポケットから出した。

『図書室　513404－0141320２　井井
3年C組　1545324155
職員室　＊2＊2－3403341２』

メモを確認して悠貴に訊いた。

「記号って、アスタリスクと、もう一つは……柵みたいな模様のこと？」

「柵ではなくシャープです」

シャープ。楽譜で使われる記号の『♯』のことだ。SNSのハッシュタグとして日常的に目にしている。悠貴はメモを一瞥(いちべつ)した。

「スプレーで書かれた字体が不安定で線が繋がってますが、シャープを二つ並べたものです。その記号はコマンド、数字をカナに変換して送信するためのものです」

「暗号文を伝達する機械があるんですか?」

野尻が尋ねると、悠貴は頬を緩めた。

「暗号ではありません。ポケベルですよ」

「ポケベル?」

美久はおぼろげに記憶にある装置を思い出した。

携帯電話が普及する前に使われていた電子機器だ。液晶パネルと電源ボタンがあるくらいのシンプルなつくりで、手のひらに収まるほど小さい。

「ポケベルって、たしか公衆電話からメッセージを送るんだよね?」

美久が問うと、悠貴は頷いた。

「ポケベルは受信専用、メッセージを送るにはプッシュ式の固定電話が使われました。電話のパネルは1から0までの数字しかないので、それをカナ文字に対応させます。たとえば『ア』は『11』、『イ』は『12』といった具合です」

一文字入力するのに、必ず二つの数字がいるのだ。

「あっ、だから数字は四桁とか十桁なんだ」

「ええ。そして『＊2＊2』というのは、カナ入力で文字を送るのに必要なコードです。これを入力しないとカナと認識されず、数字のまま相手に届きます。文末を示す記号はシャープ。これを二度押せばメッセージが送信されます」

美久ははっとしてメモに視線を戻した。

三つの数列のうち、＊から始まるものと、＃で終わるものがある。

「数字は別々の意味があるんじゃなくて……三つで一つの文章？」

「そうです。三つの数字を正しい順番に並べてカナに変換すると、文章はこうなります。『センセイ　ナゼ　フタシヲ　オトシタノ』と」

――――先生、なぜ私を落としたの。

美久は全身が総毛立った。耳元で女子生徒の無念の声が聞こえた気がした。

「この入力方法の文章を目にするのは、僕も初めてです。たまたま知識として知っていたので解読できましたが、そうでなければわからなかったと思います。これが読めるのはポケベルを使っていた世代くらいのものでしょう。何より、この内容が書けるのは二十五年前の生徒転落を知る者だけです」

悠貴の理路整然とした推理が、その犯行を鮮やかに浮かび上がらせる。

卒業生で習峯に出入りするのは長谷だけだ。動機も機会も十二分にある。

野尻は唖然とした顔で長谷を見た。

「……嘘ですよね」

長谷はすぐに答えなかった。目を伏せ、深い溜息を吐く。

「本当よ。私の目的は転落の写真を回収すること。でもタイムカプセルが見つからなかった時、気持ちが変わった。霞田が何かしたと思ったから」

埋めたものがひとりでに動くはずがない。写真の存在を知った霞田がタイムカプセルごと隠匿したのだと長谷が考えたのは先ほど聞いたとおりだ。

「二十五年前、恵美は沈黙を選んだ。歩けない体になってまで霞田をかばった。それなのに、霞田はまた保身に走った。今も昔も同じ、恵美のことなんか考えてない。あの子の気持ちを踏みにじったのよ。そう思ったら……許せなかった」

長谷は暗い面差しで足元を見つめた。ぽっかりと闇を広げた穴がそこにあるかのようだ。

悠貴が静かに言った。

「だからあなたは霞田先生にプレッシャーをかけたんですね」

「ええ。数字は恵美に関係する場所に書いた。事故当時にあの子が在籍してたクラスと委員会、それから職員室にも」

美久ははっとした。卒業アルバムの三年C組のクラス写真に恵美が写っていたのを思い出す。

悠貴は冷ややかに長谷を見た。

「張り紙で在校生にタイムカプセル探しを促し、ポケベルの入力方法でメッセージを残した。不法侵入に、らくがきによる器物破損。どちらも立派な犯罪です」

「………そうね」

粛々と罪を受け入れる姿に美久はたまらず口を開いた。

「待って、たしかに長谷さんがしたことは悪いことだけど、霞田先生がしたことは別の問題でしょう？　長谷さんだけが悪いわけじゃないよ」

「アタッシェケースを移動させたのはギンドロの木だ。霞田さんはタイムカプセルに転落時の写真があることすら知らなかった。今回の騒ぎは長谷さんの妄執によるもの。先生は被害者だ」

悠貴の言うとおりだ。しかし美久は納得できず、霞田に真意を問うた。

「らくがきを消したのは、後ろめたいことがあったからですよね」

職員室の数字を塗り潰したのは霞田だ。数字の意味を理解したからこそ誰かに見られる前に慌てて消したのだ。霞田がしたことはそれに留まらない。

「部室を荒らしたのだって二十五年前のことを知られたら困るから——」

「霞田さん、タイムカプセルに転落事故の写真があると知ったのはいつです？」

悠貴が話に割って入った。

教員は不意の質問に目を白黒させながら答えた。

「昨日……新聞部の日誌に書いてあるとミサトに聞いた時だ」

「つまり、あなたは昨日長谷さんと話すまで何も知らなかった。驚かれたでしょう、二十五年前の転落は事故だったのに、まるで先生の犯行だと言わんばかりの記述があると言われたんですから。事実とかけ離れた内容にショックを受け、誤解を生むものを処分したのも無理からぬことです。あなたは脅迫を受けたようなものだ」

霞田は間の抜けた表情で悠貴を見つめた。やがてその顔に下卑た笑みが広がった。

「そうだ、そうなんだよ。このままじゃ、はめられると思って」

「悠貴君！」

美久は非難の声を上げた。悠貴の言葉が霞田に逃げ道を与えている。あと少しで引き出せた霞田の本心が、都合のいい話に塗り替えられてしまう。

だが悠貴は残酷なほど冷静だった。

「論点を見失うな。今回のタイムカプセル騒動に霞田さんは関与していない。これは長谷さんが引き起こした事件だ」

「だけど長谷さんは恵美さんを思って」

「ただの私怨だろ。長谷さんは相も変わらず真実を求め、誰のことも考えてない」

「そんな言い方……！　失礼だよ、取り消して！」

悠貴は失笑した。

「事件の本質を見失ったあげく、犯人に肩入れか。そんな甘い考えでよく探偵を名乗ろうと思ったな。身の程をわきまえろ」

「な……っ！」

「お前ごときに務まることじゃない。探偵ごっこがしたいならカフェで客の茶飲み話にでも付き合ってろ、目障りだ」

あんまりな言いぐさだ。美久は言い返そうとして口を開き、ぎくりとした。

眼鏡の奥の瞳はぞっとするほど冷たく、暗かった。

悠貴は美久を一瞥して霞田を振り返った。

「先生、行きましょう」

「ああ……！」

安堵（あんど）を滲ませて霞田は悠貴に続いて部室を出た。

「ちょ、ちょっと待って！」

二人を追いかけようとした美久は長谷の様子に気づいた。苦い表情で両手を握りしめている。その顔は紙のように白い。とても放っておけなかった。

「長谷さん……ごめんなさい。悠貴君が失礼なことを。口が悪いんです、最近はそんなことなかったんですけど」

「いいえ、あの子の言うとおりよ。本当に恵美を尊重するなら、黙ってやりすごせばよかった。恵美は霞田を断罪しなかったんだから。結局、私は……二十五年前と何も変わらない。霞田と同列よ」

そんなこと、と美久が反論しかけた時、野尻が囁いた。

「こんな事実なら、知りたくなかった」

少女の頬を伝った涙が、ぽとりと机に落ちた。

美久は言葉を失った。

これまで〈エメラルドの探偵〉は依頼人を救ってきた。誰にも解くことのできない謎や難題、解決不能と思われる事件でさえ鮮やかに解決してみせた。

そうして得た真実は喜ばしいものばかりではない。親しい人の嘘を暴き、裏切りを明らかにしたことや、依頼人にとって辛い現実を突きつけたケースもあった。それでも依頼人たちが笑顔で日常に戻ることができたのは、悠貴がいたからだ。

裏表が激しく口は悪くても、悠貴が依頼人を突き放したことはない。どんな時も力を惜しまず、忘れられた人々の想いを掬い上げてきた。

それなのに、事実を武器に人を傷つけ、認識を歪めた。

どうしてなの……悠貴君。

脳裏に先ほど目にした悠貴の顔が浮かんだ。誰も寄せつけない、冷たい眼差し。暗い感情を秘めたその瞳には見覚えがある。

出会ったばかりの頃の悠貴に戻ってしまったようだった。

§

「まったく、新聞部も三郷もどうかしてる。くそ、ひどい目に遭った」

霞田は悠貴の後ろを歩きながらシャツの襟元を緩めた。

遅い時間とあって校舎の廊下に人影はない。

「あれは事故だと野尻恵美も証言したじゃないか。二十五年も経って俺に罪をかぶせようなんて……三郷は昔から思い込みが激しくて手を焼いたんだ」

誰に向けたものなのか、言い訳じみた言葉が続く。不安定に揺れる声はしゃべるうちに落ち着いて、霞田は余裕があるところを示すように鷹揚に言った。

「君も新聞部が呼んだ慧星学園の生徒か？　まともな生徒がいてよかったよ、ありがとう。おかげで助かった」

悠貴が足を止めた。賢いこの他校生は愛想良く労ってくれる——そう期待していた霞田は、振り返った悠貴の眼差しの冷たさにぎくりとした。

ナイフを喉元に突きつけられたような、凄みのある眼光だ。

「な、何だ、どうした……？」

「罪に問われることはなくなったと本気で思ってるのか？」

口調は平板で、敬語ですらない。

がらりと空気が変わり、霞田はたじろいだ。困惑する一方で、高校生のつけあがった態度が癇に障った。霞田は語気を荒くした。

「そう言ったのは君だろ。あの写真は何の証拠にもならん」

「これのことか？」

悠貴が制服の内ポケットから写真を出した。

転落の瞬間を映した、あの一枚だ。

「野尻恵美は階段から足を滑らせたと証言したが、実際は手すりを乗り越えて落下している。誰かに突き落とされないかぎり、こんなふうに落ちない。この写真が表に出たら、どうなるだろうな」

「な……っ！　俺が突き落としたかどうか、写真から判断できないんだろ⁉」

「そうだな。だがこの写真は事故当時、お前と野尻恵美が一緒にいた証拠だ」

「そ、それが何だ？　法的に時効だと言ったのはお前じゃないか。誰も俺を罪に問うことはできな――」

「勘違いするな」

悠貴は鋭く遮り、声を低くした。

「肝心なのはこの写真がどう見えるかだ。野尻恵美の証言と合致しないこの写真を見た生徒はどう思う？　保護者や教育委員会はどう動く？　その想像力の欠片(かけら)もない脳みそを働かせろ」

霞田は悠貴の言葉の先を想像し、息を詰めた。額に脂汗が浮き、顔は怒りと恐怖で奇妙な赤紫色に変わる。

「法で裁かれないからといって、お前がしたことは帳消しにならない。この写真があれば教師生命は終わりだ。お前を社会的に終わらせるかどうか、俺のさじ加減で決まることを忘れるな」

「脅してるのか……⁉」

「そう聞こえるならそうなんだろう。嫌なら新聞部に戻って事実を話して来い。お前が職と社会的地位を失おうが俺は一向に構わない」

穏やかな口調とは裏腹にその内容は悪辣だ。

霞田は助けを求めるように周囲を見たが、まわりには誰もいなかった。仮に誰かいたとして、霞田の望む救済は得られなかっただろう。

霞田は恐怖に引き攣った顔で問うた。

「………な、なにが望みだ？」

その言葉に、悠貴はぞっとするほど冷たい微笑を浮かべた。

第三話
ウィンナーコーヒー

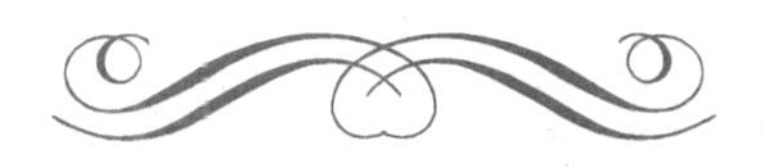

1

「小野寺さん、ちょっといい？」

カウンターの真紘に手招きされたのは閉店時刻を迎えた時だ。

この時間に用事を言いつけられるのは珍しい。美久が首をひねりながらカウンターへ向かうと、真紘はソーサーに載せた耐熱性のグラスを置いた。

見たことのないドリンクメニューだ。深い黒褐色のコーヒーがグラスを満たし、その上にこぼれそうなほどホイップクリームが盛りつけられている。

「真紘さん、これは……？」

「ウィンナーコーヒーです。あちらのお客様から」

閉店した店内に客はいない。真紘が目線で示したのはカウンターで読書する悠貴だ。

ますます状況がわからず目を白黒させると、真紘は種明かしした。

「いつもありがとう。これは俺と悠貴から」

「えっ？」

「この前作ってくれたビスケット、とても美味(おい)しかったよ。だからビスケットに合うドリンクを俺たちで考えたんだ。小野寺さんが美味しいって言ったら新メニューに採用。テイスティング、お願いできるかな」

　思いがけない贈り物に美久が目を輝かせると、真紘は柔らかく微笑んだ。

「そのまま飲んでもいいけど、ビスケットを浸して食べてみて」

　美久は礼を言って両手でグラスを取った。コーヒーのアロマと甘いクリームの香りが溶け合い、匂いだけで幸せな気分になる。

　一口飲むと、期待を裏切らない美味しさに頬が緩んだ。ソーサーに添えられたビスケットをグラスに浸し、しばし待つ。頃合いを見て頰張り、美久は目を丸くした。

「おいしい」

　濃いめのコーヒーがビスケットに染みて、ほろほろとした食感に変わる。苦みがほんのり甘いホイップクリームにくるまれて、口当たりはまろやかだ。

「すごい、別のお菓子みたいです。甘くてサクサクで、でも最後にちゃんとコーヒーの苦みとビスケットのシナモンの香りがして」

「よかった。俺と悠貴はブラックコーヒーと合わせるのが好みだけど、小野寺さんはこういうほうが親しみやすいんじゃないかって悠貴が」

「悠貴君がですか？」

「うん。焙煎（ばいせん）もクリームの甘さも最後は悠貴が決めたんだよ」

悠貴と真紘が試行錯誤する様子が瞼（まぶた）に浮かび、美久は胸がいっぱいになった。

ウィンナーコーヒーはシンプルなだけに味のバランスが難しいドリンクだ。見た目もきれいだった。コーヒーの褐色とホイップクリームの柔らかな乳白色がつくるコントラストが見事で、いつまでも眺めていられる。

美久がふっと笑みを漏らすと、真紘が小首を傾げた。

「どうかした？」

「いえ。なんだか悠貴君と真紘さんみたいだなって。苦くていい香りのコーヒーと、優しい甘さのホイップクリーム」

「そうだね。小野寺さんもいるし」

真紘は目を細め、ソーサーに添えたハンドメイドのビスケットを指した。

「あっ、本当だ」

「三人でつくった、エメラルドの新しい味だね」

真紘は最初からそのイメージでウィンナーコーヒーを選んだのだろう。

感無量になった時、悠貴が本を閉じた。

「メニューに採用だな。来月から店で出すぞ」

「ありがとう悠貴君」

「いいから冷めないうちに飲め。飲み終わったら新規の依頼について話がある」

「依頼があったの？　どんな事件？」

「グラスを空けたら話してやる」

相変わらず悠貴は素っ気ない。しかし美久は笑顔になった。

飲みながらだって話はできるのに、待ってくれる。

どんなにつんけんした態度を取ろうと、悠貴の優しさはお見通しだ。

「そういえば、ビスケットの感想まだ聞いてないよね。おいしかった？」

悠貴は鼻を鳴らした。

「早く飲め。依頼の話ができないだろ」

やっぱり教えてくれないんだ。残念に思う一方で、心は弾んだ。いつかちゃんと教えてくれるかな。そう思うと、楽しみがひとつできたようだった。

「――てる、みーちゃん？」

すぐそばから響いた声に美久は我に返った。目を瞬くと、シュガースティックとポーションミルクを手にした百々花と目が合った。

あたりの喧噪（けんそう）が戻り、ここがどこか思い出す。慧星学園の生徒会室だ。

「砂糖とミルク、両方いる？」

「あ、うん」

礼を言って受け取ったが、意識はまだどこかをさまよっているようだった。

目の前には紙コップに入ったコーヒーとホームメイドのビスケットがある。生徒会への手土産にと美久が用意したのだ。

香りとは不思議なものだ。コーヒーとビスケットの匂いを感じた瞬間、数週間前の出来事が鮮やかに脳裏に蘇った。

その時のことに思いを馳（は）せていると、百々花が遠慮がちに言うのが聞こえた。

「ごめんね、せっかく来てもらったのに議題って雰囲気じゃなくなって」

「ううん、大丈夫。少ししたら落ち着くと思うし」

そうかなあ、と百々花は怪訝そうに長机の向かいに目を向けた。

「きーっ！　くやしー！」

無念の絶叫を上げるのはクラシカルな制服を纏（まと）った習峯高校の二ツ屋だ。

タイムカプセル事件の追加インタビューのため新聞部総出で百々花を訪ねてきたのだ。記事の確認を頼まれて美久も同席したのだが、肝心の話を始める前に二ツ屋がこの調子になってしまった。

　原因はアプリの〈学校の事件簿〉に投稿された記事だ。

『タイムカプセル発見！　解答編』と銘打たれた記事は、タイムカプセル発見の様子が動画付きで紹介されている。だが記事をアップしたのは新聞部ではない。

「何度見ても許しがたい……許すまじ！　コイツは誰なのよ！」

　二ツ屋がスマートフォンを凝視する。

　校庭を無許可で掘り返したことを教頭に怒られている間に野次馬が投稿したらしい。解答編と呼ぶには内容が薄いが、ネットはスピードがものをいう。新聞部もすぐに投稿したが、アクセス数は野次馬の投稿に大きく水をあけられていた。

「取材内容を横取りするなんて人間の所業じゃない！　城崎さん、小野寺さん、この犯人を見つけ出して鉄槌(てっつい)を食らわせてやってください！」

　二ツ屋先輩、と野尻が音声アシスタントのような美声で説いた。

「城崎さんも小野寺さんも殺し屋ではありません。不届き者を銃で蜂の巣にしたり腸(はらわた)を引きずり出したりベッドに馬の首を放置したりしてくれませんよ」

「ジリ怖いっ!!　マフィア映画の見過ぎ！」

　にこやかに物騒な後輩に二ツ屋はドン引きだ。

「すいません、野次馬に先を越されてから先輩も野尻もこの調子で」

写真係の篠山が言うと、二ツ屋は悔しそうに腕を押さえた。

「くっ、この筋肉痛さえなければ……！　もっと早く記事が書けたのに！」

「はいはい、そうっすね。そういうわけで壁新聞は派手にしたいんです。城崎さんをばーんと前面に出して『天才美少女、事件を解決！』的な」

「アイコンがほしいんだね。構わないけど、私の写真は割と撮ってなかった？」

「全部俺の指が写ってました」

ぶっ、と百々花が吹き出した。

さすが名前だけで写真係に任命された篠山である。

どうせなら百々花の可憐な美少女ぶりを演出したいと二ツ屋が言い出し、撮影場所について話が弾む。

賑やかな声を聞きながら美久は壁新聞の草案に目を通した。

あの、と遠慮がちな声が聞こえたのはその時だ。

顔を上げると、目の前に野尻がいた。

「先日はすみませんでした。二十五年前の真相が知りたいとお願いしておきながら、あんな態度をとって」

——こんな事実なら、知りたくなかった。

涙と共にこぼれた野尻の言葉を美久も忘れられずにいた。

「ううん。私こそ、力が及ばなくて……」

大好きな叔母が高校生の時に担任教諭と付き合っていた——驚愕の事実に加え、その教員が叔母を突き落としたのかもしれないのだ。平静でいるほうが難しいだろう。しかも肝心なところはうやむやのままだ。

「ごめんね。辛い思いをさせて……もっとほかに方法があったのに」

私がきちんと推理できたら、あんなことにならなかった。悠貴君が話す前に止められたかもしれない、少なくとも、もっと伝え方を選べたはず。

苦い思いばかりが募る。

美久がうつむくと、野尻が言った。

「落ち込まないでください。いえ、落ち込ませてる私が言うのも変ですが……知らないままでいたかったかと考えると、違う気がするんです。今は自分の気持ちがよくわかりません。呑み込めないいし、もやもやします。でも、それだけじゃないんです」

野尻は自分の気持ちを紐解きながら、訥々と続けた。

「時間がほしいんです。あの事件の意味がわかるのは、もっと先のような気がします。

だから、事件を解決してくださってありがとうございます。小野寺さんがいなければ、知ることができなかったから」

「野尻さん……」

辛い現実を受け入れられなくとも、うちひしがれない。三つ編みの大人しそうな少女だが、その芯は強く、伸びやかだ。

「そう言ってもらえるなら、よかった」

美久が微笑んだ時、百々花の明るい声が響いた。

「それ本当！」

「はい、今回の騒ぎでうちの生徒会が重い腰を上げまして。城崎さんと連名で抗議出す案に乗り気になりましたよ」

二ツ屋の報告に百々花は満面の笑みを浮かべた。

タイムカプセル騒動解決に手を貸したのは、この確約を得るためのようなものだ。

ようやく本題の〈学校の事件簿〉への抗議に取りかかれる。

美久は百々花に声をかけた。

「モモちゃんの依頼、これで果たせたかな」

「ばっちりだよ！」

輝くような笑顔に美久は肩の荷が下りた気がした。百々花は嬉しそうに続けた。

「習峯の一件を受けて他校からも相談が来たんだ。今後は二ツ屋ちゃんたちにも協力してもらって、アプリの被害をまとめる予定だよ」

「そっか、アプリに登録された学校はたくさんあるもんね」

慧星学園が他校生の不法侵入に悩まされているように、各所で様々な問題が表面化し始めているのだろう。

百々花がおずおずと美久の顔を覗き込んだ。

「さすがに習峯級にややこしい事件はないと思うけど、みーちゃん、これからも相談に乗ってくれる？　忙しいのはわかってるけど、みーちゃんがいてくれたら、すごく心強いんだ」

見守ってくれる人がいる。

それだけで不思議と力が湧いてくることを美久はよく知っていた。

「うん、私にできることなら喜んで」

笑顔で応じると、百々花の顔がぱっと輝いた。

「ありがと、みーちゃん！　これからもどうぞよろしくね。二ツ屋ちゃん、ジリちゃん、篠山君も一緒に頑張ろう！」

二ツ屋たちが「おー！」と元気よく拳を上げる。

知恵を絞り、力を合わせて困難に立ち向かう高校生たちに美久は目を細めた。

楽しげな百々花たちを眺めていると、悠貴の姿が浮かんだ。

……いつもの悠貴君なら、きっとここにいた。

百々花の依頼を渋々引き受け、野尻の願いに真摯に応えただろう。あんなふうに人の気持ちを踏みにじることは決してしない。

百々花たちが明るく楽しげなほど、悠貴の纏う影の濃さが際立つ。眼鏡の奥に覗いた暗い眼差しを思い出し、胸の底がひやりとした。

このままじゃだめだ。見過ごしたら二度と戻れなくなる。

美久は我知らず拳を握りしめていた。しかし一人では悠貴と話す機会を作るのも難しい。悠貴の真意を知るには真紘の協力が不可欠だ。

もう一度、真紘さんと話してみよう。

悠貴に口止めされているようだが、弟の良くない変化を知れば、必ず力になってくれる。

チャンスは翌日巡ってきた。

すっきりしない曇り空の一日だった。立冬はとうに過ぎたのに妙に暖かく、湿度がある。日中こそ満席だったものの、客足が引くのは早かった。閉店の一時間前には閑古鳥が鳴いていた。

「お客さんはもう来ないかな」

カウンターに立つ真紘がグラスをクロスで磨きながら窓の外を眺めた。

美久もやることがなくなり、手持ちぶさたにテーブルを整えていたところだ。ラストオーダーの十分前。話をするにはいい頃合いだが、どう切り出すか迷った。

「あの、真紘さん……おととい習峯高校で悠貴君に会ったんです。そのことで悠貴君から何か聞いてますか？」

ケンカになったことを知っているなら話が早い。

美久はそう考えたが、返答は思いもよらないものだった。

「悠貴とは連絡を取ってないよ」

いつもと変わらない調子で言われ、美久はびっくりした。

「そうなんですか？」

悠貴君がエメラルドを離れてかなり経つのに、心配じゃないのかな。

疑問が過ぎったが、すぐに思い至った。時ヶ瀬に遠慮して連絡できないのだ。

真紘は悠貴の近況すら知らない。最近の様子を聞いてから相談しようと考えていたが、悠長なことを言っている場合ではない。

「大変なんです、この前調べてた習峯の事件なんですが」

美久は悠貴と勝負をしていたことを明かした。二十五年前の真相が明らかになる瞬間、悠貴がやってきて犯人の教員を擁護したこと、その犯行を暴こうと画策した卒業生の長谷を厳しく断じたこと……。

「たしかに長谷さんの行動はよくないです。だけどいつもの悠貴君なら、あんなひどい言葉をぶつけないと思うんです。猫かぶりの悠貴君が人前で誰かをけなすなんて。私との勝負のせいで言葉がきつくなったのかもしれません……」

探偵に向いてないと糾弾されたことを思い出し、美久はうつむいた。

長谷に対する態度は美久への当てつけとも取れる。だが問題はそこではない。

「悠貴君、すごく冷たい目をしてました」

ぞっとするほど冷たく、暗い。それなのに瞳の奥は苛烈な怒りに満ちていた。

悠貴と出会って間もない頃に見た眼差しだ。何かを激しく憎み、憎悪で自分自身さえ焦がすような瞳。

しかしその眼差しは歳月と共に穏やかになった。

悠貴の中で何か変わったのか、険しさは薄れ、笑顔を見せるようになった。

美久の隣にいた悠貴は、口が悪くても思いやりがあった。驚くほどプライドが高くて負けず嫌いで意地悪で。けれど、見えないところでそっと手を差し伸べてくれる、そんな優しい人だ。

「私とは話してくれません。でも悠貴君によくないことが起きてるのはわかります」

うん、と真紘がグラスを磨きながら相づちを打った。

「それが何かはわからないけど……このまま放っておいたら、悠貴君が悠貴君じゃなくなる気がして」

「うん」

「おうちを離れたことも無関係じゃないと思うんです。悩みがあるなら相談に乗りたいし、支えになりたい。真紘さん、手を貸してくれませんか？　真紘さんの言葉なら悠貴君も素直に耳を傾けるはずです」

「そうだね」

きゅ、きゅ、とグラスを磨く微かな音が店内に染みる。だが、いくら待ってもあとに続く言葉はなかった。

長い沈黙に耐えかねて美久は口を開いた。

「あの……それだけですか？」

「うん」

「うんって……！　心配じゃないんですか、悠貴君が悪いほうに変わってるのに」

「俺からは——」

「何も言えないんですよね、わかってます！　私に話さなくたって構いません、だけど悠貴君のことはしっかり見てあげてください！」

真紘は手を止め、グラスとクロスをテーブルに置いた。

「悠貴に口止めされていると思ってるなら、誤解だよ」

「え？」

「俺が決めたんだ。悠貴のすることに口出ししない。俺は悠貴と同じ考えだから」

「同じ考え……？　それはどういう」

真紘は淡々と答えた。

「申し訳ないけど、答えるつもりはないよ。小野寺さんにはうちのことに関わらないでほしい。散々巻き込んでおいて勝手だと思う。それでも、もうこの話題には触れないでもらえるかな」

美久は呆気に取られた。だが一瞬だ。疑問や懸念、腹立たしさが一度に押し寄せて声となってほとばしる。

「どうしたんですか真紘さん!?　どうしてそんな……！」

　真紘は悠貴の兄であり、親代わりだ。言葉にしなくても悠貴に向けるあたたかな眼差しから、どれほど思いやっているか伝わってきた。真紘は悠貴のためならどんな犠牲も払うだろう。

　そうわかっているからこそ、今の言葉が信じられない。

　真紘の顔からは何の感情も読み取れなかった。美久はじりじりした。しかしあの真紘がここまで沈黙を通すのだ、必ず理由がある。

　考えを巡らせて、はっとした。

「まさか、危ないことをしてるんですか？　だから何も教えてくれないんですか？　私を巻き込まないように黙ってるなら」

「違うよ」

「じゃあどうして！　こんなの真紘さんらしくな──」

「俺は小野寺さんが思うほどできた人間じゃない」

　強い口調で遮られ、美久は気圧（けお）された。

　真紘は苦い顔になり、深く息を吐いた。

次に口を開いた時、その声はいつもの落ち着きを取り戻していた。

「軽井沢から帰った日に話したとおりだよ。嫌になったら喫茶店を辞めていい。探偵業と分けるのが難しいのはわかってる。そのことで負担を感じるなら、もう一度きちんと考えて。とにかく、この話はもうしたくないんだ。家族の問題だ。これ以上訊かないでほしい、お願いだから」

おかしなことに、美久の瞼に浮かんだのは真紘の笑顔だった。

おっとりとして穏やか。大きな木みたいに揺るぎなく、どんな時もあたたかい優しさで包んでくれた。

だが、目の前にいる真紘に表情はない。色を失ったように冷たく、石像みたいにのっぺりしている。

どうして？

問いばかりが浮かんでは消えた。尋ねたところで答えてもらえないだろう。

言葉にできたのは、素朴で、根本的な疑問だけだった。

「私は……そんなに頼りないですか。相談に乗ることもできませんか？」

真紘は硬い表情のまま、目を伏せた。

「小野寺さんは他人だ」

かすれた、低い声。怒鳴られたわけでもないのに言葉がずしりと胸に響く。

たしかに他人だ。喫茶店のマスターと従業員。親しい間柄であっても、家庭の事情においそれと介入するものではないだろう。頭ではわかっている。

だが朗らかで優しい真紘が口にすると、こうも堪えるものなのか。

美久はショックを隠せなかった。真紘でさえ自分の言葉に傷ついて見えた。

「……今日はもう上がって。後片付けは俺がやるから」

「はい…………お疲れ様でした。お先に失礼します」

頭を下げてバックヤードに逃げ込もうとした時、真紘の声が追ってきた。

「それから来週は店を閉めようと思う」

美久は棒立ちになった。

聞き間違えかと思って振り向くと、真紘は淡々と言葉を継いだ。

「片付けないといけないことがあるんだ。定休日の翌日からしばらく閉めるよ。週末まで通常営業だけど、焼き菓子のストックは作らなくて大丈夫だよ」

事務的な連絡をする声は聞いたそばから抜け落ちていく。

理由を訊こうと思うのに、言葉が喉に張りついて出てこない。

悪い夢でも見ているみたいだった。

辛いことや悲しいこと。どんなに嫌なことがあってもエメラルドに帰れば笑顔になれた。居心地の良い、陽だまりのような喫茶店。心が安らぐ、大切な居場所。

その場所が、よそよそしく息苦しい。

こんな日が来るなんて考えたこともなかった。

2

開店準備の清掃をしながら美久は鬱々とした気持ちでいた。昨日の今日で真紘と顔を合わせるのが辛いが、仕事を放り出すほど無責任になれない。

スタンドタイプのブラックボードを店先にセットした時、ボードに描かれたものが目にとまった。チョークで描かれたウィンナーコーヒーだ。

新メニューに決まった時、本当に嬉しかった。特別で、大切な一杯。浮き浮きしながら眺めていたはずが、今は胸が重たくなる。

美久は余計な考えを打ち切って手を動かした。店内に戻り、テーブルを整えてシュガーポットをセットする。だが、いくら仕事に集中しようとしても、疑問は膨らむばかりだった。

——俺は悠貴と同じ考えだから。

あれはどういう意味？　悠貴君が独断で動いてるんじゃない？　真紘さんも関係してるってこと？　でも悠貴君と連絡は取ってないって言ってたし……。

家族の問題。その言葉に行き着いて、また溜息が漏れた。

真紘と悠貴、十歳年の離れた兄弟は父親が違う。珈琲エメラルドは母方の実家にあたり、その母も悠貴が幼い頃に他界し、二人は祖父に育てられた。

悠貴の父親が大企業時ヶ瀬グループのCEOだとわかったのはずっとあとのことだ、と以前真紘が教えてくれた。そして、まだ小学生だった悠貴がむりやりエメラルドから引き剝がされたことも。

原因は時ヶ瀬の後継者問題だ。悠貴の父親は結婚しているが、子どもがない。婚外子の悠貴を利用されることをおそれての行動だった。

込み入った家庭環境に触れないでくれという真紘の気持ちもわかる。しかしここまで事情を知っていて、なぜ蚊帳の外におかれるのか理解に苦しむ。

これ以上何があるっていうの？　どうして話してくれないんだろう。真紘さんも悠貴君も……何を考えてるか、全然わからないよ。

二人のことは知っているつもりでいた。信頼してもらえているとも。

そのはずなのに、暗闇を覗くように二人の心が摑めない。悠貴も真紘も急に知らない人になってしまったみたいだ。

窓ガラスに暗い顔をした自分が映っているのに気づき、美久ははっとした。

いけない、私が落ち込んでどうするの。

両手で頰を叩き、にこりとして窓ガラスを見る。

きっと今ががんばり時なんだ。こういう時こそ変わらずにいよう。真紘さんが安心して仕事ができるように。悠貴君が立ち寄った時、ほっとできるように。

いつもどおり。ふつうに。明るく元気に。

窓ガラスに映る自分に繰り返すと、元気が湧いた。

エメラルドの仕事は楽しかった。真紘とはぎくしゃくしていたが、客に悟られるほど真紘も美久も未熟ではない。

いつもどおり。ふつうに。明るく元気に。美久は毎日くるくると働いた。

「美久ちゃんはいつも元気ねえ。見てると癒やされるわ」

常連客に褒められた時ももちろん美久は笑顔だった。

「ありがとうございます。今日のお勧めはホットチョコレートです。甘くて体が温まりますよ。伊東(いとう)さん、最近お肌の調子を気にされてましたよね。カカオポリフェノールは肌にいいんですって。あとアーモンドも。真紘さんにお願いして、トッピングのアーモンドチップス多めにしてもらいましょうか？」

「やあね、商売上手になって」

「生クリームは少なめでしたよね」

「おっしゃるとおりよ、注文お願いしましたよ」

「はい！」

美久は元気よく応じた。

ほら、大丈夫。

いつもどおりできる。そのことを誇らしく思う一方で、心が軋む。そういう時は胸に唱えた。いつもどおり。ふつうに。明るく元気に――と。

百々花から連絡が来たのは、習峯の一件から五日ほど経った頃だ。

〈学校の事件簿〉の対策本部を正式に立ち上げたので最初のミーティングに来ないかという誘いだ。日時と場所は、明日の午後三時に慧星学園の視聴覚室。大学から直行すれば間に合うので、参加する旨を返信した。

翌朝は気持ちの良い晴れだった。

夜から雨の予報だが、雲の切れ間から光が射し、空気はほどよく乾いている。

しかし予定がある時にかぎって不測の事態は起こるものだ。教授に急に資料探しを頼まれて昼食を食べ損ない、最後の講義が三十分も延長し、慌てて大学を飛び出すはめになった。極めつきは天気だ。雨は夜からのはずが、厚い雲が垂れ込め、空はどんよりと暗い。

折りたたみ傘、持ってくればよかった。

慧星学園に急ぎながら美久は悔やんだ。まわりは緑豊かな住宅街で、コンビニがない。駅周辺ならビニール傘を調達できるが、買いに戻るには微妙な天気だ。

約束の時間が迫っていたため、降らないことを祈って進んだ。慧星はエメラルドから徒歩数分の距離にあり、美久は自然と通勤路を選んでいた。

この時間帯なら、悠貴君もまだ学校かな。

ふと過ぎった考えに足取りが少し重くなった。会いたいような、会いたくないような。相反する感情がぶつかって自分の気持ちがよくわからなくなる。

まあ、顔を合わせたらはっきりするよね、と生来の楽天家が顔を覗かせ、下向きになる気持ちを押し留めた。

玉川上水の散策路に人影はなかった。くすんだ赤や黄色の葉をまばらに残した木々はうら寂しく、鈍色の空をいっそう暗く見せる。足元を彩る落ち葉は湿気を吸って、音がしなかった。いつもはカサカサと小気味よい音を響かせるのに、何だか湿気たスナック菓子のようだ。

「うわ、マジ傷つくんだけど」

誰かが呟くのが聞こえたのはその時だ。

美久は声のほうを向いた。斜め後方、上水道の柵にアッシュブラウンの髪の青年が腰掛けている。顔立ちは精悍だが、その瞳は少年のように明るい。大人びた印象とやんちゃな少年のような印象が混在する不思議な人――花見堂聖だ。

美久は目をぱちぱちさせた。

「聖君？　いつからそこに」

「美久が俺の前を通過する前から」

「全然気づかなかった」

聖は呆れた顔でうめいた。

「お前、やっぱ本気でスルーしたのかよ」

「ごめん、髪の色が落ち葉に似てるからかな？」

「そんなフォローいらねえ！　ていうか似てねえし」

脱色して色をのせたアッシュブラウンは明らかに人工色だ。そもそも偉丈夫で派手な風貌の聖を見落とすほうが難しい。

美久は自分の注意力のなさに首をひねり、もう一度詫びてから聖に尋ねた。

「こんなところでどうしたの？　なにかの用事？」

「あ？　理由がないと俺は美久に会えないワケ？」

「…………そう」

「何だよその反応」

「だって聖君が来ると散々な目に遭うから」

「ひでえ！」

ひどいと言われても実際そうなのだ。初めて会った時は連れ去られ、二度目はデートと称して黒幕を誘き出すのに利用され、学習塾では聖が逃げる時間を稼ぐために悠貴と共に囮に使われた。

なんか……本当にすごくひどい目に遭ってた……！

改めて考えると惨事ばかりだが、聖はすねた顔をして呟いた。

「聖君この前はコンテナで危ないところを助けてくれてありがとう――どういたしまして、俺も美久が元気で嬉しいよ」

「あ……っ、ご、ごめん！　そうだよね」

コンテナ火災に巻き込まれた時、一番に駆けつけてくれたのだ。危険を顧みずコンテナに飛び込んで美久を救出したのは、他でもない、この聖だ。

「その上、生意気眼鏡君のお守りを頼んだのに、嫌な顔しないで引き受けてくれて、めちゃくちゃ感謝してます」

「うん、感謝してます。あの時は本当にありがとう」

「聖君超カッコよかった」

「うんうん、恰好よかった」

「聖君大好き結婚しよう」

「う――しないよ!?」

勢いで頷きかけ、全力で否定する。

「チッ、あとちょっとだったのに」

聖は本気かふざけているのかわからない調子で人の悪い笑みを浮かべた。

うう、また遊ばれる……！

油断するとすぐ聖のペースにのせられる。これ以上からかわれてはたまらないと美久は話題を変えた。

「会いにくるなら連絡してくれたらいいのに。連絡先、教えなかったっけ？」

「知ってるけど、予告なしで会うほうが楽しいだろ？」

聖の得意げな顔に美久は笑みをこぼした。

本当に退屈で遊びに来たんだなあ。

発言は不真面目で、何をしでかすか予測もつかない。しかし散々振り回された賜（たまもの）か、聖の行動原理は不思議とわかるようになっていた。

「そっちは？　何かあったか」

出し抜けに訊かれ、美久は目を瞬いた。

「どうして？」

「暗い顔して下見てただろ」

「そう……かな？　落ち葉を踏んでも音がしないなあって」

聖は首筋に手をやって考え、肩を竦めた。

「まあいいや。どっか遊びに行こうぜ」

「ごめん、これから人と会う約束なんだ」

「あ？　せっかく俺が来たのに？　しょうがねえな、ヒマだから付き合ってやるよ。どこだ？」

「悠貴君の学校――」

「正門で待つ」

間髪入れずに言われ、美久は小さく吹き出した。辛い過去の事件を悠貴と乗り越えたというのに、あいかわらず仲良くできないらしい。

小道の真ん中で待っていたのはエメラルドに近づかないという約束を守ってのことだろうが、悠貴に会いたくないという理由も大いにありそうだ。

「その用事、どのくらいかかんの？」

「ミーティングに顔を出すだけだから、長くても一時間くらいかな」

「じゃ、夕メシ一緒に食おうぜ」

聖と会うのはコンテナの一件以来だ。お礼もしたいので、ゆっくり話せるのは美久も歓迎だった。

「雨が降りそうだし、先にお店に入ってて。学校出る時に連絡するから」

時計を見ると約束の時刻が迫っていた。「あとでね」と聖に手を振り、道を急いだ。

慧星学園の視聴覚室には数名の生徒が集まっていた。習峯の新聞部以外に見慣れない制服と私服の生徒が二人ずつ。慧星からは百々花と秋月が参加している。

生徒会も関わってるのかな、もしかして悠貴君も参加する……？

気になってミーティングが始まる前に秋月に尋ねると、秋月は自嘲気味に笑った。

「生徒会は関係ないよ。七里先輩から城崎先輩のお目付役を引き継いだもので」

その返答に美久はいくらか安心した。

「秋月君も大変だね」

「そういう小野寺さんは？　あれから新会長とどうなったの？」

「う、うーん」

返答に窮すると、状況が伝わったらしい。秋月は嘆息した。

「これだからイケメンはだめなんだ、モテるからってすぐ調子に乗るんだっ！」

「一応言うけど、悠貴君とは付き合ってないからね？」

美久の話を聞いているのか聞いていないのか、秋月は机に頬杖を突いた。

「まあ、放っておいて平気だよ。コイといえば錦鯉(にしきごい)だと思ってるからね、新会長。今日も生徒会で忙しいし、他にうつつを抜かすヒマもないよ」

うつつはさておき、たしかに普段の悠貴であれば美久も放っておいただろう。

頭脳明晰(めいせき)、冷静沈着。悠貴には問題を解決する能力があり、強い意思もある。まわりがどうこう言って変わるような人ではない。

だから心配なんだ。

こうと決めたら最後までやり通す。痛みを伴う決断でも必要なら取れてしまう。

悠貴が手の届かないところへ行ってしまいそうで、不安になった。その一方でミーティングに悠貴が来ないと知り、ほっとした自分がいる。

……………私、嫌な性格だ。

心配だと言いながら、どこかで悠貴を避けている。また拒否されたら。傷つくのが怖い。真紘と悠貴に避けられる本当の理由を知るのが恐ろしい。じつのところ、考えているのは自分のことばかりではないか。

自分の度量の小ささに溜息が漏れた。

顔合わせは三十分ほどで終了した。このあとは新たに加わった他校生にこれまでの経緯を説明するというので、美久はおいとますることにした。生徒会の会議がある秋月もここまでだ。

「みーちゃん、忙しいとこありがとう。報告書は毎回送るよ」

「うん、モモちゃんもあんまり無理しないでね」

美久が荷物を手に答えると、秋月が声をかぶせた。

「今の聞きました!?　先輩、俺が戻るまで変な提案しないでくださいよ！」

「それはどうかな？」

百々花がにやりとすると、秋月は「いやああ」と頭を抱えて身もだえた。さっそく百々花に苦労をかけられているようだ。

「モモちゃんまたね。秋月君、行こう」

美久は悩める秋月を先導してドアへ向かった。視聴覚室を出ようとした時、廊下を歩く一団とぶつかりそうになった。

危なかった、と胸をなで下ろした刹那、ぶつかりかけた生徒と目が合った。

美久はぎくりとした。

今一番会いたくて、最も会いたくない人――悠貴だ。

なんてタイミングで⁉　ちょろちょろするなって怒られる……！

叱られると身構えたが、危惧した展開にはならなかった。

悠貴は美久を前にして不思議がることも、驚くこともなかった。眼鏡にその姿が映るほどの距離だというのに、歩調を緩めることさえしない。

まるで空気でも見るように。ごく当たり前のように。

美久を無視した。

賑やかな声を引き連れて、生徒の一団が通り過ぎていく。

美久は血の気が引くのを感じた。あまりのことに頭を占めていたごちゃごちゃした感情が吹き飛ぶ。

「悠貴君！」

我知らず、ありったけの声量で呼んでいた。

3

大声に反応したのは、まわりの生徒たちだ。ぎょっとした顔つきで視聴覚室のドア口に立つ美久を見た。

学内にファンクラブがあるほど絶大な人気を誇る悠貴だ。気安く名前を呼べるのは百々花や一部の上級生だけであることを美久は知らない。

生徒ではないし教員にしては若すぎる。悠貴とどんな関係なのか。驚きと好奇の視線が美久に注がれる中、ようやく悠貴が振り返った。

悠貴の顔には優等生然とした笑みが貼りついていた。

「小野寺さん。こんなところでお目にかかるとは思いませんでした。お変わりなくて何よりです。ゆっくりご挨拶したいところですが、皆と会議があるので……」

困ったようにはにかんで、まわりの生徒を見る。帰れ、と言っているのだ。

周囲を巻き込んだ無言の圧力に、美久はかえって奮い立った。

「話があるの。すごく大事なことだから、今すぐ話したい」

今度は悠貴に視線が集まった。返答次第では大騒ぎになりそうだ。

悠貴はしかたなさそうな表情をして、美久の後ろに視線を向けた。

「秋月、先に戻って会議を始めてくれ。進行は任せる」

「うぇ⁉　あっ、うん、了解です……っ」

秋月は視聴覚室のドアを閉め、名残惜しそうにする生徒たちを追い立てた。

まわりにいたのは生徒会の新メンバーのようだ。中には文化祭の一件で親交を深めた七里の妹、茉琴の姿もあったが、美久に再会を喜ぶ余裕はなかった。

「場所を変えましょう」

悠貴が踵を返した。

人目のあるところで外面を外すつもりはないらしい。

一定の距離をあけて突き当たりの階段を上がり、手前の教室に入る。あまり使われない空き教室なのか、室内は少し埃臭かった。放課後なので人が来ることもまずないだろう。美久はドアを閉め、黒板の前に立つ悠貴の元へ向かった。

「ご用件は？」

　他人行儀のまま悠貴が問う。

　避けられるのは今に始まったことではないが、冷めた対応に落ち込まなかったといえば嘘だ。鬱陶しがられているのを肌で感じ、口が重くなる。

　……って、ここまで来て固まってどうするの。こういう時こそ、いつもどおりに。ふつうに。明るく元気に。

　美久は自分を奮い立たせ、悠貴を見つめた。

「悠貴君の本心を教えて」

「は？」

「モモちゃんの依頼を解決したら教えてくれるって約束だよ」

「事件の全容を解明してないくせに何を言ってるんですか？」

「悠貴君が邪魔したからだよね!?」

　思わずつっこんでしまった。

　悠貴が現れなければ、霞田は二十五年前の罪を告白した。長谷も数字のらくがきや張り紙で霞田に揺さぶりをかけたことを打ち明けてくれたかもしれない。

　しかしこの際、そのことは重要ではない。

「たしかに私は二十五年前の事件を解明できなかった。だけど、ちゃんとタイムカプセルを見つけたよ。依頼には応えた」

約束の焦点は百々花の依頼だ。タイムカプセルにまつわる一連の騒動——生徒が校庭を掘り返し、アプリに行きすぎた投稿をする問題は、アタッシェケースが見つかった時点で決着したのだ。二十五年前の真相は勝負と無関係だ。

「頭が悪いと思ってましたが、底抜けですね」

悠貴が品良く笑った。いつもの小ばかにした笑い方ではない。作りものの、外向けの顔だ。

美久はむっとした。

「敬語はもういいでしょ。ふつうに話して」

「なぜです？」

「猫をかぶらなくたって、まわりには誰もいないよ」

「いますよ、部外者が」

どこに？　尋ねようとした時、美久は悠貴が自分を見据えていることを知った。

「部外者って……私のこと？」

端整な顔に笑みが浮かぶ。優しく、とろけるように甘い微笑み。これまで一度として美久に向けたことのない魅力的で完璧な笑みだ。

「なぜ探偵をクビになったか、まだ理解できないんですね。言ったはずです、探偵業には区切りをつけました。これからは時ヶ瀬の後継者としての立場があります」

「それが悠貴君の本心か知りたいの。どうして時ヶ瀬に？　あんなに嫌がってたのに変だよ、誰かに戻るように強制されてるの？」

「だったら何だと言うんです」

「力になる！」

一も二もなく答えた。どんな理由があろうと悠貴が望まないことをしてるなら力になりたい。たとえ力不足でも相談に乗ることくらいできる。

美久は心の底からそう思っていた。しかし。

「何が不満なんです？」

悠貴は辟易(へきえき)して呟いた。

「え……？」

「俺は何度も同じことを言っているのに、あなたは信じない。気に入らない答えだから受けつけないんでしょう？」

思いもよらない指摘に美久は息を呑んだ。

「そんなこと――」

「俺は自分にとって必要なことをしています。必要なものを選んで不要なものを捨てた、それだけですよ。いい加減、現実を見てもらえますか。あなたにとって不都合でもこれが現実です。俺の本心が知りたいと言いましたね。……だったら、誤解のないようにはっきり言いましょうか」

穏やかだが凄みのある声だった。

急に悠貴が知らない人のように感じられ、美久は怖くなった。怖いのに、体が動かない。

悠貴は美久のそばに来ると、耳元に低く囁いた。

「小野寺さんの無能さやそのお花畑みたいな思考にはうんざりなんです。せめて最後くらいはきれいに送り出してやろうと思えば、はなむけの言葉を都合良く歪めて俺につきまとう。どうかしてますよ。今回は二度も言いません、これでわからないならカフェの仕事も解雇します」

悠貴は美久に微笑みかけた。あまりに綺麗で、眼鏡の奥の冷え切った眼差しでさえ優しく見える。だが。

「失せろ」

悠貴の瞳に美久は映っていなかった。

激しい怒りに燃えるでも、軽蔑するように冷え切ってもいない。

吐き捨てるその表情は何の温度もなかった。塗り潰したように黒く、暗い海の底のように光の届かない純粋な漆黒があるだけ。

美久は悠貴を見つめた。

他に何もできなかった。声を発することも、息をすることも忘れ、茫然自失する。

悠貴が横をすり抜ける時でさえ、身動きひとつ取れなかった。

足音が遠ざかっていく。

無音になってもなお、美久はその場に立ち尽くした。


ぱらぱらと雨粒が頬を打つ。

雨の冷たさに美久はぼんやりと顔を上げた。悪い夢でも見ている心地だった。

教室を出て来賓用のスリッパを靴箱にしまい、靴に履き替えて校舎を出る。ほとんど無意識にそこまでこなし、気がつけば慧星の正門まであと少しの距離にいた。

まばたきすると、細い雨を睫毛に感じた。

ああ、やっぱり降ったんだ。

見上げた空は濃い灰色に濁っていた。厚ぼったい雲が垂れ込めて、今にも頭にのしかかってきそうだ。

霧雨にまじって粒の大きな雨が落ちてくる。予報より早く本降りになりそうだ。

美久はとぼとぼと正門に向かった。

人影はなかった。生徒は早めに下校したか、建物に避難したのだろう。雨の匂いがあたりを包み、ぱらぱらと雨粒が落ちる音が染みる。

雨に打たれる感覚に記憶が呼び覚まされた。

雨の中で待ちぼうけになったことがある。待てど暮らせど現れない相手をずぶ濡れになって待っていると、悠貴がやってきた。悠貴は差していた傘を美久に押しつけ、土砂降りの中を帰っていった。翌日、悠貴は風邪を引き、元気な美久を見て「お前のほうが長く雨に打たれてたのに」と恨めしそうにした。

美久は笑みをこぼし、次に自分に呆れた。

……なんで真っ先に思い出すのがこれかな。

悲しみが鋭いナイフのように胸を刺した。痛みが去るのを待つが、いつまで経っても胸はずきずきと痛んだ。

別のことを考えようとしたが、思い出が多すぎる。楽しかったこと、驚いたこと、嬉しかったこと――どの瞬間を切り取っても、悠貴がいた。

足を動かすことに意識を集中した。前へ。心に浮かぶたくさんの情景を振り払うように、とにかく歩く。歩調は次第に速まり、体に当たる雨を強く感じた。

「美久？」

どこからか声が響いた。

正門の前に聖がいる。降り出した雨を避けて街路樹の下で雨宿りしていた。駅前に向かわないでずっと待ってたんだ。そうわかりながら、美久は一瞥したきり聖を見なかった。

「ごめん、やっぱり今日は行けない。待っててくれたのにごめん」

急ぐから、と一方的に告げて聖の横をすり抜ける。火急の用事があるかのように足早に逃げた。

「どうした？」

だが聖はすぐに追いついた。

美久は答えなかった。泥水が跳ねるのも構わず、聖を振り切る。

「なあ、どうしたんだよ」

ほとんど走るような歩調だというのに聖は易々（やすやす）とついてくる。

　そのことが美久を苛立たせた。

「おい、ちょっと止まれ」

「ついて来ないで！　急いでるんだから！」

　振り返らずに怒鳴ると、聖が美久の腕を摑んだ。痛いくらいの力で強引に振り向かされる。

「何キレて――」

　目が合った瞬間、聖の怒った顔が困惑に変わった。

　その変化に美久はいたたまれない気持ちになった。

「ごめん今は……、一人にして」

　目に溜まった涙はどうにか溢れずにすんだが、声の震えは隠せなかった。聖の腕を振りほどいて歩き出す。

　もう足音はついてこなかった。

　目に映る風景はモノクロに変わっていた。

　夕方の穏やかな日差しは分厚い雨雲に呑まれ、光は届かない。街並みは霧雨に滲んでいた。建物も木も色を失って、黒く変色したアスファルトに街灯の光が陽炎のように揺らめく。

美久はひたすら歩いた。行く当てなど、どこにもないのに。

無心で足を動かすうちに地面はアスファルトから土と落ち葉に変わっていた。無意識によく知った道──エメラルドへ続く小道に入っていたのだ。

いつもどおり。ふつうに。明るく元気に。

胸に浮かんだ言葉に首を傾げた。

いつもどおり。ふつうってなに？

何も起こってないようにふるまうことが。問題などないふりをすることが『ふつう』だろうか。変化を見ないことが『ふつう』だと？

……悠貴君は次に進むことを決めたんだ。

軽井沢での別れはその結果にすぎない。一言も相談がないことに腹が立ったし、悲しかった。だけど家族の問題なら仕方がない。

物わかりのよい自分がいる一方で、疑問は絶えなかった。絶対に理由がある、悠貴君がわけもなく出ていくはずがない。そう決めつけた。

結局のところ、見ないふりをしただけだ。悠貴の心が〈エメラルドの探偵〉から離れたことを受け入れられなかったのだ。

真紘に対してもそうだった。

きっと真紘さんも、やっとの思いで悠貴君の決断を受け入れて、後押ししようとしたんだ。それを私がかき乱した。だからあんなに辛そうに……。

雨の中に珈琲エメラルドが見えた。その軒先にぽつんとブラックボードがある。チョークでウィンナーコーヒーの絵が描かれているはずだが、今は無数の水滴に覆われ、原形がわからないほど滲んでいる。

美久はうつむいたまま、エメラルドを通り過ぎた。

紅葉の頃、小道はとても美しかった。赤や黄が鮮やかで、ハイシーズンにはたくさんの往来があった。しかし今は見る影もない。

雨に打たれた落ち葉が靴につく。色褪せたそれは踏まれ、千切れ、ボロボロに腐っていた。

すべては過ぎ去るもの。木も人もそこにあり続けるわけじゃない。

頭でわかっていたつもりが、理解できていなかった。

落ち葉に滑り、美久は転びそうになった。水を吸った枯れ葉は腐葉土のように足に絡みつく。一枚一枚はとても軽いのに、重たくまとわりついて離れない。

もがくようにして小道を抜けると、急に視界が明るくなった。頭上を覆う枝葉が途切れ、曇天が広がる。大通りに出たのだ。

通りに顔を向けて、美久は目を見張った。

「……ああ、私ってどれだけばかなんだろ」

緑と住宅街を抜ける大通りは、どこにでもある、変哲のない道だ。だが美久にとっては特別な場所だ。

そこは、初めて悠貴と出会った場所だった。

就職活動の説明会に向かうため、バスを追いかけて。気分が悪くなり倒れそうになった美久を抱きとめたのが悠貴だった。

なんの感情もない悠貴の瞳を思い出し、美久は唇を嚙みしめた。額に張りつく髪を払って歩き出す。

……嫌われてるなら、よかったのに。

そこには感情がある。怒りでも、見下すのでも構わない。美久に対して思うことがあるのだから。だが、悠貴の目には何も映っていなかった。

道端の小石や飛ぶように過ぎる車窓の風景と同じ。意味も価値もない。

不意に悲しみが胸を突き上げた。激しい感情が堰(せき)を切ったように溢れ、目の奥が熱くなる。胸が痛い。軋んだ心が悲鳴を上げて、潰れそうになる。

美久はむりやり前へ足を押し出した。

止まったら二度と動けなくなる気がした。

これまで過ごした時間があまりにすてきだから。あまりに幸福で、思い出の一つひとつが宝石の粒のように美しいから。だから今は何も感じたくない。胸に溢れるこの思い出を一時でも忘れられるなら、どこまでだって歩く――――心がすり切れて、感覚がなくなるまで。

「もういいだろ」

低い声が響いたかと思うと、美久の頭上に何か落ちた。

厚手の布に視界を奪われ、慌てたが、手触りでコートかジャケットだと当たりがついた。洋酒のような華やかな香りが服の持ち主を教えてくれる。

聖は雨よけのつもりでかけたのだろうが、これでは何も見えない。

コートを頭からはずそうとすると、聖が美久の手を摑んだ。

「そのままにしとけ」

「これじゃ前が見えない」

「見えなくていいだろ」

「何言っ――」

「お前が泣くとこ、誰にも見せたくねえんだよ」

美久は息を詰めた。

いつから見てたの。ばかみたいな問いが脳裏を過ぎる。

「きついって言えよ」

——きついならそう言えばいいだろ。

同じことを悠貴にも言われた。軽井沢で具合が悪くなった時だ。楽しい雰囲気を壊したくなくて不調を隠したら、それを見抜いた悠貴はそう言って怒った。

こんな時でさえ悠貴のことを考えてしまう自分はなんと滑稽なんだろう。

余計なこと、してたのかな。

——俺は何度も同じことを言っているのに、あなたは信じない。気に入らない答えだから受けつけないんでしょう？

声が耳に蘇り、美久は聖のコートを摑んだまま動けなくなった。

あの時、思いもしない指摘に動揺した。しかし本当にそうだったのだろうか。そんなこと一瞬たりとも、微塵も考えたことがないと言い切れるのか。

悠貴君が言ったこと……間違ってない。私は変わることから逃げたんだ。

あたたかなエメラルドにはいつも真紘がいて、悠貴がいた。それが当たり前だった。

美久の日常であり、エメラルドはここだと思える大切な居場所だった。

だが、時は過ぎ去った。

いつもどおりに。ふつうに。明るく元気に——そうやって変わってないふりをして、失われた関係を存在しているかのように見せかけた。

悠貴も真紘の心も、とうに離れていたというのに。

もう、この世界のどこにも、あのエメラルドはない。

認めた瞬間、美久の体から力が抜けた。

「……っ」

喉が震え、か細い声が漏れる。

顔を上げることも、うずくまることもできない。

もう、一歩も歩けない。

どこへも帰れない。

第四話
ビーフカレー

1

サンドウィッチ、チキンステーキ、ハンバーグセット、カツ丼、ビーフカレーが二つ。ファミレスの二人掛けテーブルは料理で埋めつくされ、載り切らなかったサンドウィッチの皿がテーブルから飛び出している。

美久は大量のフードメニューから、向かいに座る聖に目を向けた。

ハンバーグをおかずにカツ丼を食べている。ビーフカレーに手を伸ばし、脂の跳ねる鉄のプレートからチキンステーキを頰張り、箸休めにサンドウィッチを一口。どうやらビーフカレーが気に入ったらしい。手前のハンバーグセットと入れ替えて黙々とスプーンを動かした。相変わらず清々(すがすが)しい食べっぷりだ。

どこに消えるんだろう、あの量。

美久はすごい勢いで消える食べ物を眺めながら、聖に勧められるまま注文したビーフカレーを口に運んだ。

味も香りもしなかった。熱い液体が胃におさまり、冷えた体にじんと染みる。

そういえばお昼、食べ損ねたんだった。

時刻は午後五時。吉祥寺駅近くのファミレスの客席は九割方埋まっている。聖が雨宿りに選んだのがこの店だ。

ファミレスに連れてこられた時、美久の気持ちは沈むばかりだった。大勢の人で賑わう店内は明るく、陽気すぎる。静かなところで一人になりたかった。しかしテーブルに通されると不思議と嫌な気分は薄らいだ。

たくさんの人がいても誰も美久に注目しない。店員も業務に忙しく、呼び出しボタンを使わないかぎり姿を見せなかった。何より暖房の効いた室内は雨と寒さでかじかんだ体を心地良く温めてくれた。

濡れた髪と服はコンビニで調達したタオルで拭き、今はほとんど乾いている。気の毒なのは聖だ。頭から水をかぶったようにびしょ濡れで、ニットセーターの肩は水を吸って変色していた。拭いても無駄だと判断してか、モカ色のタオルは首から提げたままだ。トレードマークのアッシュブラウンの髪は額や首筋に張りついて、いつもは気ままにはねた毛先もしんなり下向きだ。

毛先から雫が落ちるのを見て、美久は申し訳なくなった。

「ごめんね」

聖はチキンステーキを頬張ったところだった。何が、と目で問う。

「私にコート貸したせいで濡れちゃったから。寒くない？」

聖は口をもぐもぐさせながら、ちょいちょい、とシルバーリングをはめた指で手招きした。

まわりに聞かれたくない話でもあるのだろうか。

美久がテーブルの方へ身を寄せると、いきなり丸めた中指で額を弾かれた。

「いたっ」

「謝るごとにデコピン一回」

「……………そういうことは先に言ってよ」

美久がふくれて額をさすると、聖は悪戯っぽく笑った。

「言い返せるくらい元気になったな」

ああ、また気遣わせてる。

ごめん、と繰り返しそうになり、美久は言葉を呑み込んだ。その選択は間違っていなかったようで、聖はしみじみと言った。

「やっぱメシだな。暗い顔してるから、ハライタか腹が減ってんだろって思ったんだよ。美久は食い意地張ってるし」

「そういうわけじゃ……………ううん、やっぱりそうかも」

この世の終わりのように感じていたのに、なんだか冷静になってしまった。

ビーフカレーを口にして空腹を思い出すし、聖の食べっぷりに目がいってしまう。胸は鉛のように沈んでいても騒音の中にいると気がまぎれる。

何を見るでもなくカレーに目を落としていると、聖の声が響いた。

「ここ、俺のとっておきなんだ」

「………ファミレスが好きなの？」

「じゃなくて、空気」

聖は椅子の背にどっかりと凭れ、視線を店内に投げた。

「ぼーっとしたい時はこういうとこに来るんだ。いろんなヤツがいるだろ。全員知らねえヤツ。けど眺めてると、そいつの生活とか、人間臭い部分が見えてくる」

小さな子どもを連れた家族。わいわいとテーブルを囲む高校生。難しい顔でノートパソコンと睨み合う女性、スマートフォンを眺める老年の男性、楽しそうにおしゃべりする女子大生の一団——客層は様々だ。

「一人で過ごすより他人の輪にいる時のほうが孤独だっていうけど、どうなんだろうな。俺はこういう空気が好きだ」

目を細める聖は心地良い風に吹かれているみたいだった。

その表情があまりに満ち足りていて、美久はつられて客席に目を向けた。

喧噪の中に、仕事の苦労や恋の悩みが聞こえた。好きな映画の話に沸いたり、試験の点を嘆いたり。笑い方や身振り手振りで、相手との関係性や親しさが読み取れる。と、老年の男性が涙を拭い、スマートフォンに微笑むのが見えた。

美久は目を奪われた。いったい何が男性をあんな表情にさせたのだろう。

――いろんな人がいる。

不意に肌でそれを感じ、聖の言わんとすることがわかった気がした。

全員他人で、知らない人ばかり。だが、ここには人生がある。交差点や駅のような通過点ではなく、テーブルの向こうには濃密な時間が流れている。今この瞬間、美久も聖も知らずのうちに誰かの人生のひとときを共有しているのだ。

「いい眺めだろ」

聖は自分の宝物を見せたように得意げな顔をした。

もし聖がいなければ、美久は今も自分の愚かさを嘆いて雨に打たれていただろう。家に帰っても悲しみに溺れ、どこまでも落ち込んだはずだ。

しかしここには聖がいて、たくさんの人の日常がある。

ビーフカレーの熱が染みて、お腹（なか）がぽかぽかした。芳（こう）ばしいスパイスが鼻腔（びこう）をくすぐる。気がつくと、味もわかるようになっていた。

じっくり煮込んだ野菜の甘みと牛肉の濃厚な旨み。深い味わいの奥から赤ワインの酸味がして、こってりした口当たりをスパイシーな香辛料が引き締める。

目の前に聖がいるからだろうか。濃いめの味付けが「旨いだろ」と自己主張しているみたいだ。そう思うと、おかしくて頬が綻んだ。

「おいしいね」

美久の笑顔に聖は深く頷いた。

「だろ、ここのビーフカレー旨いんだよ。冷めないうちに食おうぜ」

「うん。――聖君、ありがとう」

精悍な顔つきの青年は少年のように笑った。


「で、何があった？」

食事を終えて人心地ついた頃、聖が口を開いた。何を問われたか、聞き返すまでもない。うまく話せる気はしなかったが、美久は落ち着いていた。

悠貴がエメラルドを去ったこと。真紘の様子。タイムカプセル事件の顛末。悠貴の変化――誰にも相談できず抱えていたものが、訥々と言葉に変わる。

すべてを話すのに三十分以上かかったが、聖は口を挟まず耳を傾けてくれた。

「なるほどな」

話を聞き終えると、聖はドリンクバーのコーラをすすった。テーブルを占拠していた大量の料理を米粒一つ残さずに平らげている。

「クソ眼鏡はどうでもいいけど、真紘さんの様子が引っかかるな。藤村さんってまだバイトで入ってるだろ？　探らせるか」

当たり前のように対応を口にするので、美久は困惑した。

「いいのかな」

「何が？」

「おかしいのは私じゃない？　悠貴君はどうしたいか、ちゃんと話してくれた。真紘さんも。私が空回りしただけで悠貴君はもう——」

「なんでクソ眼鏡の考えに合わせなきゃなんねえんだよ」

聖はコーラのストローを嚙んで、ぺっ、と吐き出した。

「自分がなんかすんのに、いちいち他人にお伺い立てる必要あるか？　お前、納得してないんだろ？」

「…………うん」

「じゃ、簡単だ。美久はどうしたい？」

美久は虚を衝かれた。自分はどうしたいのか。真紘や悠貴のことばかりに注意が向いて、当たり前のことが抜け落ちていた。

私はどうしたいんだろう？

悠貴がエメラルドを去ったのは十中八九、時ヶ瀬絡みだ。

家庭の事情に関わるなという真紘の気持ちもわかる。だが何の相談もなく悠貴が出ていったことも、一方的に探偵業はクビだと言い渡されたこともショックだった。致命的な失敗をしたならまだしも、身に覚えがない上に解雇理由を明かさないのは勝手ではないか。

一番辛かったのは、何も話してもらえなかったことだ。

いきなり外に放り出され、シャッターを下ろされた気分だ。腹が立つし、悲しい。何より、寂しかった。

自分はエメラルドの一員だと思っていた。今だってその想いは変わらない。珈琲エメラルドは美久の居場所で、大切な人たちがいる場所だ。

そこまで考えて、ふっと笑みがこぼれた。

なんだ、私って本当にエメラルドが好きなんだ。

怒りや悲しみの根底にある気持ちに触れ、自然と心は決まった。

「私、もう待たない」

どんなに邪険にされても無視されても、悠貴と真紘を嫌いにならなかった。美久の知る二人とかけ離れているからだ。

二人が変わってしまったというなら、それでも構わない。

「悠貴君も真紘さんも隠しごとしてる。本当のことを教えてくれないのに、あれこれ言われても困るよ。私、自分のことは自分で決めたい。だから自分で調べる」

悠貴がエメラルドを去った理由や解雇の理由がはっきりしないうちは承諾できない。何が出てくるかわからないが、白黒はっきりさせたい。

もし納得のいく理由なら、その時は潔くエメラルドを辞めよう。

「悠貴君たちに何が起こったか、つきとめる。〈エメラルドの探偵〉も続ける。モモちゃんにアプリの調査を手伝うって約束したし」

決意を口にすると、聖がにやにやした。

「探偵を続けると、また邪魔が入るよな。だったら悠貴を黙らせねえとな」

美久はきょとんとした。

「聖君、手伝ってくれるの？」

「手伝わない理由あるか？　何でも思いどおりになると思ってるクソ眼鏡君の鼻っ柱を折る、いい機会だろ」

顔を合わせれば一触即発、悠貴と聖が互いに向ける憎悪の眼差しに、いつもハラハラさせられた。だが憎しみだけの繋がりでないことはもう知っている。

ソリが合わなくて本気で嫌い合っていても、他の感情がないわけではないのだ。

よし、と聖はコーラを飲み干し、グラスをテーブルに置いた。

「悠貴が出てった理由、美久はどう考えてる？」

「それがよくわからなくて……時ヶ瀬関係だとは思うんだけど」

「あいつが自主的に時ヶ瀬に戻ると思えねえしな。なんかドジったか？　三年前の事件を調べた時、けっこうムチャしただろ。それが問題になったとか」

たしかに〈頭の良くなる薬〉に絡む事件で悠貴は危険な橋を渡った。一時は悠貴と連絡が取れなかったこともある。

しかし美久は首を横に振った。

「いろいろあったけど、公になってないはずだよ。悠貴君、事件化させないようにたちまわったたから」

三年前の事件の真犯人を捕らえる——悠貴が重視したのはその一点に尽きる。

真犯人に辿り着くまでに様々な事件に出くわしたが、悠貴は持ち前の聡明さで辻褄(つじつま)を合わせ、警察に最低限の事実しか伝えなかった。時ヶ瀬は悠貴が一時行方不明になったことすら知らないだろう。いや、知る術がないのだ。

聖は腕組みした。

「じゃあ別の理由か。さっき悠貴の様子が変だったたって言ったな。いつからだ？」

「ええと……」

思えば、軽井沢での悠貴は優しすぎた。穏やかな笑顔を見せ、心から行楽を楽しんでいた。あれが嘘や芝居とは思えない。

真紘さんも、悠貴君が時ヶ瀬に戻るのを決めたのは軽井沢に行く前だって話してた。何かあったとしたら軽井沢へ行く前――

「そういえば半月くらい前、悠貴君、難しい顔してた。三年前の事件を解決して気が抜けた様子だったんだけど、元気になったと思ったら、急にそんな調子で。四元(よつもと)さんが来たあたりかな」

「誰？」

「刑事さん。悠貴君と真紘さんの知り合いの」

うだつのあがらない会社員風の中年で、悠貴と真紘とは古い知り合いのようだ。

「刑事って、なんか事件か？」

「ううん、お茶しに」

「なんだ、美久もその場にいたのか。だったら詳しく話してみろよ」

「特別なことは話してなかったよ？」

「けど、お前はその時から悠貴の様子が変わったって感じたんだろ」

「うん……」

　そうなのだが、なぜ様子が変わったかと問われると、思い当たる節がない。四元とは雑談しただけで、驚くような話題も、おかしなふるまいもなかった。

　なんとなく、あの時から様子が変わった気がする。

　言葉にするとこの一言に尽きる。気のせいだと言われればそれまでだ。

「頭で考えんなよ。美久はちゃんとここで人を見てる」

　聖がニットセーターの上から心臓のあたりを叩いてみせた。

「お前が変だっていうなら、絶対なんかあった。何でもいい、その時あったこと話してみろ」

　美久は目を見張った。

　当たり前のように聖が信じてくれたことが嬉しかった。

あの時、悠貴と四元は窓辺のテーブル席で話していた。〈頭の良くなる薬〉の真犯人の件で来たようだが、美久が見た時はくつろいだ雰囲気だった。

「私、コーヒーを出しに行ったの。二人は本題に入る前の雑談ってかんじだった」

「それから？」

「四元さんは必ずお砂糖を入れるから、シュガーポットの場所を教えて……そしたら四元さんが『甘党だってバレてる』って笑って」

その顔で砂糖を三つも入れたら記憶に残ると悠貴が指摘すると、「この顔でカフェオレ頼むよりマシだろ」と中年の四元はむくれた。

「そのあとは……置物の話になったかな。四元さんがなんだこれって変な顔をして。聖君、見たことある？　ブリキのかかしの置物」

「ブリキのかかし？　なんだそれ」

「真紘さんが作ったの。お店の名前が〈珈琲エメラルド〉でしょ？　だからそれにちなんで、オズの魔法使いの登場人物を作ったんだけど」

聖が声を立てて笑った。

「めちゃくちゃまざってんじゃねえか」

「うん、四元さんも真紘君らしいって笑ってた」

「それで？」

「それだけだよ。私は他のお客さんのオーダーが入ってテーブルを離れて——」

言いかけて、美久ははっとした。

「そうだ……悠貴君の表情が変わったの、この話の時！」

なごやかな雰囲気の中、急に悠貴の表情が変わった。なんてことない話題で面食らった顔をしたので、印象に残ったのだ。

「へえ、聞いたかんじ、ふつーの雑談だけどな。前後の悠貴の様子はどうだ？　スマホいじってたり、どっか見てたとか」

「そういうことはなかったと思う」

「てことは、話してる時に何か思い出したか。面倒だな、クソ眼鏡が何考えてたかなんて知りようがねえぞ。その刑事、いつも来るのか？」

「一、二ヶ月に一度くらい」

「じゃあ、刑事の身辺から探ってみるか。そいつと話してる時に様子が変わったんなら、少なくとも刑事に関係することだろ」

あの時、たしかに悠貴の様子が変わった。しかし悠貴がエメラルドを出ていったこととと直接結びつくだろうか。時ヶ瀬を調べるほうが確実ではないか。

「その四元って刑事はどういう知り合いだ？」

聖に訊かれ、提案するタイミングを逸した。美久は答えた。

「詳しくは知らないの。だけど悠貴君の味方だよ。エメラルドの探偵の噂を流してるの、四元さんなんだ」

「エメラルドにまつわるところに探偵がいるっていうアレか？」

「そうそう。エメラルドには魔法使いがいる、ブリキのかかしと──」

えっ？　美久は声を呑んだ。

「あ…………あれ!?」

齟齬（そご）に気づき、思わず声が高くなる。

「どうした？」

聖の声は耳に残らなかった。

あの日。四元は珍しそうに置物を見た。ブリキのかかしだと教えると、刑事は不可解な表情を浮かべて、こう言ったのだ。

──ブリキのかかしなんていたか？

美久は愕然（がくぜん）とした。

「四元さん、知らないんだ」

探偵の噂を流す四元が、その存在を知らない。

「ブリキのかかしのこと、あの時はじめて知ったんだ……！」

それにも関わらず、ブリキのかかしのことが流布している。

2

「何の話だ？」

聖に訊かれてもすぐに答えられなかった。どういうことなのか理解が追いつかない。

美久は混乱したまま、気づいたことを説明した。

「エメラルドの探偵の噂には『魔法使いはエメラルドにいる、ブリキのかかしとともに』っていうのがあるの。だけど探偵の噂を流してる四元さんはブリキのかかしのこと知らなかった……！」

「驚くことか？　噂を流すヤツは他にもいるだろ、元依頼人とか口コミとかさ」

「契約で禁じてるの！　ええと、悠貴君が依頼人と結ぶ契約書があるんだけど、そのひとつに〈エメラルドの探偵〉のことは他言しないって書いてあって」

「んなもん、いちいち守らねえだろ」

「守るよ」

美久は言い切った。〈エメラルドの探偵〉を訪ねる人は、やむにやまれぬ事情を抱えた人ばかりだ。警察や興信所も頼れず、藁にもすがる思いでやってくる。

少なくとも美久が出会った依頼人は悠貴に恩義を感じていた。契約違反の制裁を抜きにしても、不義理を働くようなことはないだろう。

「探偵の噂を流してるのは四元さんだけ。四元さんから話を聞いた人が二次的に広めたとしても、四元さんの知らない置物のことが噂に出てくるのは変だよね？」

「そりゃそうだな」

「犯人とか事件関係者とか悠貴君と会った人はいるけど、お店に来てないからブリキのかかしは知らないはず。やっぱりブリキのかかしが噂になるのは変だよ」

美久が前のめりになると、聖は生乾きの前髪を掻き上げた。

「発信元は刑事一人のはずが、別口で噂が流れてるってことか。そういうことなら悠貴は気にするだろうな。順当に考えて、噂の出所は悠貴の家のヤツだな」

急に話が進んで美久はびっくりした。

「どうして？」

「時ヶ瀬側の誰かが、悠貴が探偵まがいのことしてるって気づいたんだろ。それで尻尾を掴むためにブリキのかかしの噂を流した。依頼人のふりして近づいたところで悠貴に見破られるからな。置物はエメラルドに行った時に見たんだろ。で、悠貴は探偵業がバレてアウト、時ヶ瀬に連れ戻された」

「あ……」

「時ヶ瀬に戻ったのがいい証拠だ。あいつんち、体面ばっか気にしてたからな」

ありそうな話だ。しかし美久は腑に落ちなかった。

「もしそうなら……エメラルドを出る時にちゃんと話してくれたと思う」

店を頼む。思い上がりかもしれないが、家の問題だけなら悠貴はそう言ってくれる気がした。

思いつきで言っただけなのだろう。聖はグラスの氷をストローでつつきながら、あっさり意見を翻した。

「まあ、人間不信全開のあいつが周辺を嗅ぎ回られて気づかないわけないか」

「〈ブリキのかかし〉の噂、誰が流してるんだろう……。あの置物はお店に来ないと見られないから、少なくとも噂を流した人はエメラルドに来たことがあるよね」

「そんな推理ゲームしなくていいよ」

「え？」

「依頼人に訊けばいいだろ。誰が〈ブリキのかかし〉の噂を口にした？」

「そっか！　あ……だけど」

これまで何人の依頼人がエメラルドを訪れただろう。〈ブリキのかかし〉の話題は覚えているが、誰が口にしたかまで思い出せるだろうか。

不安を覚えながら記憶を振り返り、美久は目を見張った。

驚くほど鮮明に浮かぶ情景がある。

「最初の依頼」

四月の穏やかな朝。就職活動の合同面接へ向かう途中で倒れた美久は、目を覚ますとエメラルドにいた。しばらくして開店前の店に青い顔をした男性がやってきた。

真紘に代わって応対すると、男性はいきなり美久の肩を掴み、探偵に会わせてくれと訴えたのだ。困惑する美久を助けたのは、白昼夢から抜け出てきたような端整な顔立ちの高校生――悠貴だった。

悠貴と出会い、初めて行動を共にした事件。

「依頼人は会社員の橋爪(はしづめ)さん。失踪した奥さんの幽霊探しを頼まれたの」

「へえ」

聖が興味深そうな顔をした。

失踪した幽霊を探す。謎めいた依頼内容で解決は困難に思われたが、悠貴はあっさりとその謎を解明した。

「そいつは誰から探偵の噂を聞いたって？」

「そういう話はしなかったと思う」

「本人に聞けばいいな。連絡先は？」

美久は首を横に振った。

「連絡は悠貴君がしてたから、依頼人の住所も電話番号もちょっと……」

契約書に個人情報があるはずだが、悠貴は見せてくれないだろう。どこに保管してあるかもわからない。

「じゃあ次、他のヤツ」

他にもいたはずだ。ブリキのかかしのことは何度も耳にしている。

目を閉じて窓辺に飾られたブリキのかかしを思い浮かべた時、窓ガラスに張りつく少女の顔が浮かんだ。

「紺野真由ちゃん」

考えるより先にその名が口をついて出た。ゴツッ、と音が聞こえて窓辺に目を向けると、ガラスに額をくっつけて店内を覗く少女がいたのだ。

真由はブリキのかかしを目印にエメラルドの探偵を探していた。

「中学生の女の子、おばあちゃんの初恋の人を探してほしいって」

「探偵の噂は誰から？」

「ええと……」

何かが記憶に触れたが、あと少しのところで届かない。

聖はしばらく待ち、美久が思い出せないと判断すると切り口を変えた。

「会社員の男と中学生だと直接の接点はなさそうだな。生活圏は近いか？」

「ううん、たしか真由ちゃんは渋谷(しぶや)のほう。おばあさんが雑貨店をしてて、昔、闇市にも出入りしてたって話してた」

「紺野っていう人がやってた古い雑貨店か……。わかった、そっちは俺が調べる。渋谷ならコネがあるからな」

以前、聖は〈頭の良くなる薬〉を巡って吾妻会(あがつまかい)という裏組織と話をつけている。コネとはその物騒な繋がりのことだろう。

「……むちゃはしないでね」

美久が釘(くぎ)を刺すと聖は悪戯っぽく笑った。

「ケンカ売ったりしないから平気だよ」

そういう発想が心配なのだ。

だが任せて大丈夫だろう。聖がまとう危険な気配は本人がくぐり抜けてきた経験によるものだ。危ういようで処世術に長けている。

とはいえ、危険なことはしてほしくない。

「おばあさんの名前は紺野洋子さん。古い電話帳を調べればわかるかも」

「了解。美久は〈ブリキのかかし〉のことを口にした依頼人に共通点がないか考えてくれ。あと、他にその噂を知るヤツがいなかったかも」

「わかった。連絡の取れる依頼人に聞いてみる。思い出したことがあったら、すぐ知らせるね」

「ああ、頼んだ。クソ眼鏡が噂の出所に関心を持ったのは間違いない。発信元がわかれば、あいつの行動の理由もわかるだろ」

塞いでいた心に一条の光が射すようだった。

何が起こっているかわからないが、きっとこの先に答えがあるはずだ。

翌日。美久は大学の講義を受けながら、プリントの端にメモを取った。これまで美久が関わった依頼の一覧だ。

〈エメラルドの探偵〉を訪ねた依頼人は十余名。フルネームを知らない人もいれば、百々花のように親交を深めた者もいる。昨日のうちに連絡のつく人に〈ブリキのかかし〉について質問を送ったが、収穫はなかった。

知り合いに繋いでもらえば連絡の取れそうな依頼人はいいとして……。

美久はボールペンでこつこつとプリントを打った。

連絡先もSNSも不明の人が四名いる。橋爪と紺野真由の他に、『子どもの頃出会ったおひな様に会いたい』と依頼した池田という大学生、そして亡くなった婚約者から『夏にまた君に恋をする』と不可解な遺言を託された女性、角田理花だ。

特に気になるのは角田理花だ。理花は依頼に来た時、探偵が高校生だと知って落胆を隠さなかった。その際、子供だましの噂だと思った、魔法使いだのブリキのかかしだの真に受けるほうがどうかしてた、と不満を並べたような覚えがある。

連絡先はわからないけど……家ならわかるかも。

真由以外の依頼では、直接家を訪ねている。最寄り駅へ行けば順路を思い出せるかもしれない。

今日の講義はすべて受けるつもりでいたが、考えるうちに、いても立ってもいられなくなった。美久は三限で切り上げて大学をあとにした。

電車を乗り継いで都心へ向かい、おぼろげな記憶を頼りに理花の家を探す。駅から近かったこともあり、趣のある古い戸建てを見つけるのに時間はかからなかった。

しかし表札を見た時、美久は大変な誤算を知った。

「ああっ、そうだった！」

表札には『笹塚(ささづか)』とある。

ここは理花の家ではなく、理花の亡くなった婚約者の生家だ。

「もう、何やってるんだろう私……！」

美久は頭を抱えた。少し考えればわかりそうなものの、気が急(せ)いてうっかりしてしまった。だがここまで来て手ぶらで帰るのもばかばかしい。

たしか、理花さんは毎日庭の水やりに来てたはず。

悠貴が謎を解明したことで、その習慣は失われたかもしれないが、確認する価値はある。裏手にまわって勝手口を覗くと、はたして庭は以前と同じ姿を留めていた。

夏の盛りに青々と輝いていた植物は黄やオレンジに色を変え、皇帝ダリアやシクラメンが枯れ色の庭に彩りを添える。庭の隅には落ち葉で膨らんだゴミ袋があった。

「理花さん、まだときどき来てるんだ……」

ちらほらと枯れ葉があるところを見ると、夏ほど頻繁に足を運んでいないようだ。

しかし連絡が取れる可能性が出てきた。

玄関に戻ってルーズリーフを出した。鞄を机代わりに自分の氏名と連絡先、話がしたい旨を記す。紙を三つ折りにして表に理花の名前を書くと、ポストではなく玄関ドアに挟んだ。

あとは理花が連絡をくれるのを待つばかりだ。……いつになるかわからないが。

次は橋爪さんの家、と美久は足早に来た道を戻った。


結論から言えば、橋爪の住まいを見つけることはできなかった。

最寄り駅は記憶していたが、マンションの密集する住宅街はどこも似ていて特徴に乏しい。美久にとって最初の依頼だったことも無関係ではないだろう。探偵業の右も左もわからず、順路を覚えることまで気がまわらなかった。

記憶だけで探すのは難しく、日が暮れたところで捜索を打ち切った。

最後に向かったのはエメラルドだ。今日は藤村が店にいるので直接話を聞ける。

藤村の依頼に美久は立ち合っていない。その日は悠貴の文化祭があり、真紘が応対したのだ。普段なら気兼ねなく真紘に聞けるが、今回ばかりはそうはいかない。藤村と話をするのも真紘のいない時がいいだろう。

午後六時を過ぎ、あたりはすっかり夜の気配になっていた。

それにしても、ブリキのかかしの噂を流したのは誰なんだろう？

美久は通い慣れたエメラルドへの道を歩きながら思案した。

悠貴が時ヶ瀬に戻った事実から逆算すれば、聖が言うように時ヶ瀬が仕組んだのだろう。しかし悠貴がその動きをまったく察知できなかったとは考えにくい。

問題を起こしたら即刻、時ヶ瀬に戻る。

悠貴が上倉家に帰るために課された条件の一つだ。制約のある状態から探偵を始めた悠貴は、普段から慎重で、尾行や不自然な挙動の人物に注意を払っていた。

ダニエル君の正体を見抜いたのも、そういう経緯があったからだし……。

美久は交換留学生のダニエルを微塵も疑わず三週間も騙され続けたが、悠貴は出会った瞬間から嘘を見抜き、ダニエルを泳がせていた。

そういう性格の悠貴が悪意を持って流された〈ブリキのかかし〉の噂を見落とすだろうか。しかも噂はずっと前から流れている。やはり時ヶ瀬と〈ブリキのかかし〉の噂は別件なのだろうか。

だけど〈ブリキのかかし〉の噂を流した人はいるわけで、悠貴君はその人の存在に気づかなかったわけで……。

それに出所不明の噂だと気づいたとして、どうしてあんなに驚いたのだろう。悠貴にとって、何か意味のあることだったからではないか。

だけど、どんな意味が？

木々の間に明かりが見えてきた。エメラルドはすぐそこだ。

うーん、と美久は首をひねりながら歩を進めた。

悠貴が驚いた理由を知るためにも噂の出所をはっきりさせたい。手がかりは〈ブリキのかかし〉の噂を口にした人の共通点だ。

橋爪は三十代の男性で会社員。妻を亡くし、赤ちゃんと二人暮らしだった。一方、真由は中学三年生。祖母の余命がわずかだと憂えて、元気なうちに初恋の人に会わせたいと依頼に来た。しかし早とちりで、祖母の洋子はぴんぴんしていた。

「あれ、そういえば」

真由と話していた時、当の洋子が来店したのだ。内緒でエメラルドに来た真由は祖母の登場に面食らったが、洋子は孫の行動を鮮やかに言い当ててみせた。

私の文箱(ふばこ)を持って出かけたから見当がついた、探偵の話を聞いた時、すっかり目の色が変わってましたからね――と。

そうだ、洋子さんと真由ちゃんは一緒に〈エメラルドの探偵〉の噂を聞いたんだ。

たしか、ふたりに噂の話をしたのは。

「ねえ、あなた！」

いきなり背後から声がして、美久は飛び上がりそうになった。声に驚いたのはもちろんだが、そこがエメラルドの裏口だったからだ。

関係者しか入らない場所にどうして人が？

怪訝に思って振り返り、美久はさらに驚愕した。

ニット帽に眼鏡とマスク。いかにも怪しい女が真後ろにいた。

もこもこしたコートにスウェットのパンツを合わせ、ムートンブーツを履いている。顔も体格もまったくの不明、服は若者向けだが着る人が若者とはかぎらない。とにかく怪しい。暗がりで待ち伏せしていたところもかなり怪しい。

美久は喉まで出かかった悲鳴をどうにか呑み込んだ。

「………どちら様でしょうか？」

「裏口に向かうってことは関係者だよね、ここで働いてる人？」

「は、はい」

「上倉って高校生いる？」

悠貴君の知り合い？

一瞬考え、認識を改めた。知り合いなら所在を確認しないだろう。名乗らず情報を引き出そうとするところも不審だ。

はぐらかすこともできるが、店に向かって真紘や客に迷惑をかけられては困る。

美久は正直に答えた。

「ここにはいません」

「嘘、会わせて」

「本当にいないんです。どこに住んでるのか、私も知らなくて」

「だったらあなたでいい、あなた関係者でしょ！」

関係者って、どの関係者だろう……？

悠貴の知り合いという意味か、喫茶店の従業員という意味か。確認したいところだが、女性は頭に血が上っている様子だ。うかつな質問は火に油だ。

「私でよければ、代わりにお話を伺います」

「お話？　ハッ、ふざけないで！　責任取ってよ！」

強い言葉を使われ、美久は目を白黒させた。

「せ、責任……⁉」

「そうだよ！　上倉って人のせいでめちゃくちゃ、どうしてくれるの⁉」

どういうこと、悠貴君がこの女の人に何かしたってこと？　責任を取らないといけないようなことを⁉

頭がくらくらした。とにかく状況を把握するのが先だ。

「ごめんなさい、本当に失礼ですが、何の話かわかりません。マスクと眼鏡でお顔が見えなくて……その、お名前や経緯を教えていただけませんか？」

女性はむっとした様子でマスクを外した。

可愛らしい顔立ちだ。年は二十歳そこそこで、やはり初めて会う人だ。

「お名前を伺ってもいいですか？」

女性は険しい目つきになり、静かに言った。

「柿園芳信（かきぞのよしのぶ）」

空気を打ったその名に、美久は頬を張られたような衝撃を受けた。背中に冷たいものが走り、言葉を失う。

愕然とする美久を見て、女性は怒りに震えた。

「やっぱりあなたも知ってるんじゃない……！」

美久は口を開いたが、声が出なかった。

その名前なら、よく知っている。

三年前、悠貴の友人の命を奪う元凶となるものを生み出した老教師。〈頭の良くなる薬〉、〈コハクのお守り〉、〈天使の繭〉――名称を変えて遍在し、数々の事件を引き起こした琥珀色の危険ドラッグを制作した人物の名だ。

「手を貸しなさいよ、あなたは私を助ける義務がある」

女性が怖い顔で低くうなった。

3

午後七時。吉祥寺駅近くのチェーン店のカフェはほどよく賑わっていた。美久は四人掛けのテーブル席に着き、正面に座る素性のわからない女性を見た。

彼女をエメラルドに上げる気になれなかった。柿園芳信については真紘より美久のほうが詳しい。営業中にあの剣幕で食ってかかられては迷惑だ。悠貴がいない以上、エメラルドから遠ざけておきたかった。

美久は注文したコーヒーに手をつけずに話しかけた。

「小野寺といいます。あなたの名前を教えてもらえますか」

「楠」

女性は仏頂面で名乗った。

ニット帽とマスクがないだけで怪しさはかなり薄れたが、無造作に伸びた髪は肩で跳ね、長い前髪が表情を隠している。視力はかなり悪いようで、大きな丸眼鏡のレンズは分厚く、顔の輪郭が歪んでいた。

名前を聞いたものの、美久はどう話を進めたらいいか、わからなかった。問題はデリケートだ。何から聞けばいいのかも定まらない。

気詰まりな沈黙が流れた。

楠が乾いた咳をして、ミルクティーで喉を潤した。

当たり障りのない質問をしても話が始まらない。美久は思い切って尋ねた。

「楠さんは柿園さんとどういう関係？」

「……………先生は私の恩師。すごくいい先生だった」

いい先生だった――過去形なのは故人だからだ。柿園は二年前の夏に病で他界している。それがわかったのはつい先月、悠貴が三年前の未解決事件を調べた時だ。

悠貴と柿園に面識はない。それなら、なぜ楠は悠貴を責めるのだろう。

「さっき、責任を取ってほしいって言ったよね。あれはどういう意味？」

楠はじろりと美久を睨んで、乱暴にカップをソーサーに置いた。

「私、死ぬつもりだった」

「え……」

いきなりの発言に固まる美久を後目に、楠は淡々と続けた。

「いじめ、よくある話。学校でハブられた。親は……私をクズって呼ぶ。毎日叩かれた。学校も親も嫌い、みんな大嫌い。全部苦しいから終わりにしようって思った。柿園先生に会ったのはそんな時」

柿園の名を口にした時、楠の表情がわずかに和らいだ気がした。

「中一の時、線路に飛び込もうとしたら、おじさんに止められた。それが柿園先生。先生は高校で化学教えてたんだけど、今日は仕事休むって。それより私といるほうが重要だって」

柿園は妻に連絡し、楠を招いて温かい食事を与えた。無理に話を聞き出そうとせず、楠の話に穏やかに耳を傾けたという。

「それから先生が親を説得して、学校行かなくてよくなった。代わりに先生に毎日勉強見てもらって、奥さんと三人で夕ごはん食べて……通信だけど、高校を出られたのは先生のおかげ。私が今こうしていられるのも、あの時、先生が止めてくれたから。柿園先生は私の命の恩人」

楠は声をとぎらせ、うつむいた。

「いつか先生に恩返しするって思ってた。また一緒にごはん食べて、どうでもいい話、たくさんしたかった。なのに……先生、死んじゃった」

ぼさぼさの前髪の奥に寂しそうな表情が覗く。本当に柿園を慕っていたのだろう。しかしこの話が悠貴とどう繋がるのか。

「上倉君に責任を取ってほしいって言ったよね。柿園先生に関係することなの？」

美久が問うと、楠の目に鋭さが戻った。

「この前、久しぶりに先生の奥さんから電話あった。家に空き巣が入ったって。奥さんは家にいなくて無事だけど、先生の書斎が荒らされた」

それなら美久も知っている。無人の柿園邸に数人の男が押し入ったのだ。たまたま近くにいた悠貴がそれを目撃し、事件に巻き込まれてしまった。

悠貴と連絡が途絶えた時のことを思い出すと、美久は今でも胸が押し潰されそうになる。あれほど心臓に悪い出来事は経験したことがない。

「奥さんの話だと、最初警察は空き巣の捜査してたって。でも途中で令状持ってきて家を引っ掻きまわした。先生が危険ドラッグを作ってばらまいたって言うの」

事情を知らない柿園の妻や楠は寝耳に水だろうが、当然の成り行きだ。

先の男たちは空き巣ではない。危険ドラッグをばらまく〈靴紐(くつひも)の男〉——柿園の後継者に雇われ、危険ドラッグに関する書類を処分するために家に入ったのだ。〈靴紐の男〉が捕まったことで警察が動き、捜査の手が柿園に及んだのだろう。

楠は怒りに声を震わせた。

「何が何だか、全然わかんない……！　危険ドラッグ？　先生がそんなものに関わるわけない！　奥さんはショックで寝込んじゃうし、息子さんたちは海外で頼りないし、警察は何も教えてくれない。だから調べた。誰が先生をこんな目に遭わせたか」

「こんな目？」

「しらばっくれないで！　上倉の仕業でしょ、上倉が先生の高校や近所に現れてから先生に変な容疑がかかった！　ねえ、なんで嘘吐くの？　先生の名誉を汚して楽しい？　亡くなってるから何してもいいと思ってる⁉」

美久は面食らった。とんでもない言いがかりだ。

「悠——上倉君はそんなことしないよ。事件を調べたら、柿園さんに行き着いたの。上倉君は先月まで柿園さんのこと知らなかった」

悠貴が調べていたのは三年前に起きた因縁の事件だ。柿園の存在は琥珀色の危険ドラッグを調べる過程で浮上したにすぎない。

大切な友人の命を奪った真犯人を捕らえるため、悠貴は調査に没頭した。命を削るような姿は見ているこちらが苦しくなるほどだった。そして苦労の末に真犯人を捕らえることができたが、結末は痛みを伴うものだった。

悠貴が血の滲むような思いで手にした真実を、何も知らない楠に否定される筋合いはない。

しかし楠も譲らなかった。

「わかった、お金もらったんだ」

「お金？」

「そうだよ！　いくらもらったの？　先生の研究を横取りするためにでっち上げたんでしょ、新薬の権利がほしくて先生に罪をかぶせて、助手の古森(こもり)さんまで逮捕させた！　雇い主の見当はつくんだから！」

「ちょ、ちょっと待って」

話についていけなくなり、美久は遮った。

新薬、研究、雇い主——何の話かわからないが、気になる言葉がある。

「新薬……研究の横取りってどういうこと？」

楠が眉を吊(つ)り上(あ)げた。とぼけていると思われたようだ。

美久が話を聞く姿勢を崩さずにいると、楠はむっとした顔で答えた。

「先生が研究してた薬。もうすぐ完成って時に製薬会社がちょっかい出してきたんだよ。先生も古森さんもつっぱねてた。上倉はその製薬会社にお金もらって、証拠を捏造したんでしょ！」

そんな事実はないが、美久は反論を呑み込んだ。

「新薬ってどんな薬？」

「…………先生が二十年前から研究してる薬。先生、教師の前は研究者だった。さっき言った製薬会社で働いてたんだけど、いろいろあって研究できなくなって。それで退職して、教師をしながら研究を続けたんだよ。琥珀色のソフトカプセルで、服用すると認知機能が高まるの。日本の将来を変える、すごい薬って言ってた」

やっぱり、と美久は内心で呟いた。

新薬とは〈頭の良くなる薬〉だ。あの薬には認知機能を高め、驚異的な集中力と記憶力を発揮する作用がある。だが、その本質は危険ドラッグだ。依存性や副作用があり、使用した者の日常生活を破滅させる。

「楠さん」

美久は居住まいを正し、〈頭の良くなる薬〉について明かした。

琥珀色の危険ドラッグが引き起こした事件は数知れない。すべて話すには長い時間を要するので、要点は柿園最晩年の事件に絞った。

五年ほど前から柿園がスクールソーシャルワーカーの郁嶋と組んで危険ドラッグを生徒に与えていたこと。その記録が郁嶋の手帳にあること。そして柿園が家族に隠して借りたアパートから、大量の琥珀色の危険ドラッグと、被害者となった生徒の写真が見つかったこと。

「――だから、上倉君と製薬会社は関係ない。上倉君は自分の意志で危険ドラッグについて調べた」

話を結んだ時、楠は指先が白くなるほどきつくカップを握りしめていた。

「そんなの嘘……全部ガセ!!　ありえないから、絶対嘘、百パーセント嘘！　そんな作り話、私が信じると思った!?　ばかにしないで！」

「うそかどうかは警察の捜査ではっきりするよ」

楠はまなじりを吊り上げた。

「先生は関係ない！　誰かが悪いことに使っても先生が関わるはずない！」

「そう言われても、柿園さんが琥珀色の危険ドラッグを作ったのは事実だよね」

「あれは新薬で危険ドラッグじゃないんだってば！」

何がどう違うのだろう。新薬だろうと危険ドラッグは危険ドラッグだ。

「ダイナマイト」

唐突に楠が言った。美久がきょとんとするうちに眼鏡の女性はまくしたてた。

「アルフレッド・ノーベルがどうしてダイナマイトを作ったか知ってる？　当時、土木作業で使われてたのはニトログリセリン。強力だけど、ちょっとの刺激で爆発する危険な液体。ノーベルはそれを安全に持ち運べるように改良してダイナマイトを作った、働く人が安全に仕事できるようにって。でもダイナマイトは戦争に使われて大量に人を殺す兵器になった」

早口に言って楠は咳き込んだ。ミルクティーを喉に流し込み、美久を見る。

「世界を良くしようとして作ったものが悪用されたら、作った人の良心をどうやって証明するの？」

「あ……」

「新薬は危険ドラッグとして使われたかもしれない。でも先生はそんなふうに使われること望んでない、あれは苦しむ人を助けるもの。証拠が偏ってたら白いものだって黒くなる！　先生は亡くなってるんだよ、反論したくてもできない！」

「……だけど、その薬で不幸になった人がたくさんいる」

「薬と毒は紙一重っていうでしょ、先生は悪くない、使う側の問題！」

そうだろうか。薬の危険性は柿園が誰よりもわかっていたはずだ。大きな効能をもたらすからこそ、それを生み出す者は細心の注意を払わなければならない。作ったけどあとは知らないなんて無責任だ。それに。

「柿園さんは琥珀色の危険ドラッグを匿名で生徒に与えてる。悪いことをしてる認識はあったはずだよ」

「何回言えばわかるの⁉　先生が犯罪に関わるはずない、誰かに罪をなすりつけられたに決まってる！」

美久は返事に窮した。楠が柿園を慕っているのはよくわかった。だが悠貴の調査が間違っているとは思えない。これでは何を話しても平行線だ。

楠が業を煮やしたようにデイパックを取った。

「これ見て！」

どん、と写真の束が置かれた。楠が手を離すと十数センチの分厚い束が崩れ、写真がテーブルに広がった。

外国で撮られたものだ。バラックや仮設テント、病室、銃弾が撃ち込まれた場所もある。しかし写真に写る誰もが明るい笑顔をしていた。

そのどの写真にもアジア人男性がいる。柿園だろう。

「先生は紛争地帯や貧しい国でボランティアしてた。年を取ってからは体がついてかないって言ってたけど、知り合った人たちとずっとやりとりして支援してた」

絵はがきや便せんがテーブルに追加された。色も形も違う紙に英語や見たこともない文字が綴られている。

「こんなに慕われる人が薬を悪用するはずないでしょ!? 先生はずっと人のために頑張ってた、上倉が集めた一方的な情報で先生を悪く言わないで！」

写真の柿園は現地の若者と笑顔で肩を組んでいる。泥だらけで井戸を掘る写真や、医療従事者たちと食卓を囲んだ一枚もある。

写真の柿園は少しずつ年を重ねていた。一回きりの支援ではない。何度も何年も。ライフワークのように人を助けてきたからこそ、写真の束はこんなにも分厚いのだ。

これも柿園さんの一面……ううん、こっちが本当の柿園さん？

美久は考えを巡らせた。

悠貴の調査は正確だ。しかし悠貴が調べていたのは三年前の未解決事件だ。あの薬は真犯人に繋がる手がかりで、調査は危険ドラッグの被害のあった場所や使用者を辿る作業となった。初めから危険ドラッグとして調査したのであって、薬の本質を調べたわけではない。

近年出回った〈頭の良くなる薬〉は柿園の死後、別の人物が広めたものだと確認が取れている。そして三年前、生徒に危険ドラッグを与えたのは郁嶋だ。柿園は指南役と目されるが、その根拠は郁嶋の手帳で、柿園が証言したわけではない。

楠の言うとおりだ。柿園については知らないことのほうが多い。

「だけど……どうやったら柿園さんのしようとしたことがわかるの？」

柿園は亡くなった。薬の資料は自宅にあったが、男たちが運び出して灰にした。創薬の経緯や柿園が本来目指した使用法など、知りようもない。

楠の目がきらりと光った。

「方法はある。さっき言ったよね、先生は二十年前からあの薬を研究してるって。当時の同僚から証言を集めればいいんだよ。あなた、手伝って」

「えっ？」

急に話を振られて目を瞬くと、楠は口をへの字にした。

「あなたたちが先生の名誉を汚したんでしょ、上倉のせいで先生が不利になった。古森さんもいないし、このままじゃ製薬会社に研究を横取りされちゃう。あなたは私を助ける義務がある！」

「そんな……急に言われても」

「なあに、先生の名誉を傷つけるだけじゃ足りない⁉　二十年の研究成果も苦労も全部ふいにしたいの！」

楠はまた咳をして、グラスの水を呷った。

「私は絶対イヤ。あの薬が危険ドラッグとして使われたり、金儲けの道具にされるなんて！　先生は困ってる人のために薬を作った、良いことをしようとしてた！　でも先生はもう――」

言いかけて、悔しそうに唇を引き結ぶ。楠は感情を抑えた声で続けた。

「先生は、もういないんだ。これからだって思ってたのに……私、恩返しもできないんだよ。だからせめて、天国にいる先生には笑っててほしいじゃない」

切実な瞳に美久は胸を衝かれた。真剣だからこそ、楠の行動は極端なのだ。柿園のために脇目も振らずここまできたのだろう。

そうわかると無下にできなかった。

美久はしばらく考え、提案した。

「……少し時間をもらえる？」

「なんでよ」

口が重くなった。

〈頭の良くなる薬〉は悠貴の因縁の事件に深く関わる。悠貴に知らせ、事情を説明しなければいけない――頭ではわかっている、だが。

今は悠貴君の声、聞きたくない……。

針でも呑み込んだみたいに胸がチクチクした。行動に移らなくちゃと思うのに、心がついてこない。

「もしかして、上倉に連絡しようと思ってる？」

出し抜けに訊かれ、美久はびっくりした。

しかし考えてみれば、楠は悠貴を訪ねてエメラルドに来たのだ。本来は悠貴に話したはずで、上倉の名が出るのは不思議ではない。奇妙なのはあとに続いた言葉だ。

「無駄だから」

「えっ？」

「………本当はあなたに会う前、慧星に行った。学校に入れなくて、正門で上倉を待ち伏せしたけど無視された。柿園先生の話がしたいって言ったのに、あいつ、私のこと見もしなかった」

「そうだったんだ……」

そんな態度を取るはずがないと言いたいところだが、近頃の悠貴は時ヶ瀬のことで問題を抱え、無駄なものは排除する姿勢だ。

〈頭の良くなる薬〉絡みで何かあれば、刑事の四元から情報が入る。いかにも不審人物な楠は余計なトラブルと見なし、遮断したのだろう。

「あなたは私の話聞いてくれた。上倉と違う」

ぽつりと言って、楠はぶるっと身震いした。

「ほ、本当によかった……っ、上倉の時みたいにまた無視されるかもって思ってた。私、人と会うの嫌い、でも負けられない、先生のために頑張らなきゃって」

分厚いレンズの奥の瞳が不安げに揺れるのを美久は意外な思いで眺めた。

さっきまでの剣幕が嘘のようだ。だが不登校だったという経緯を思うと、こちらが本来の性格だろう。何としても話をしようとする気迫が、けんか腰の態度を取らせたのかもしれない。

楠は美久の視線に気づくと、前髪で目元を隠した。

「あ、あなたのおかげで状況が少しわかった……あなたが一緒なら何とかなるかも」

ぼそぼそ言って、手早く写真と手紙の束をデイパックに押し込んだ。

「今度の金曜の午後三時、千駄木(せんだぎ)駅の一番出口に来て。先生の元同僚と会う」

「え――」

「今度は私の番、先生に恩返しするんだ」

「ちょ、ちょっと待って楠さん！」

美久は泡を食って引き留めたが、楠は振り返りもせず行ってしまった。

「引き受けるなんて言ってないのに……！」

どうしよう、断り損ねてしまった。

美久は頭を抱えた。

ようやく悠貴がエメラルドを去った理由の糸口を掴み、これから〈ブリキのかかし〉のことを口にした依頼人を特定しようというところだ。今は悠貴のことに集中したい。しかし楠を放置するのも気が引ける。

美久は椅子に沈み込んだ。テーブルの向かいにはティーカップが残されている。

食ってかかってきたかと思えば、言いたいことを言いっ放しで帰ってしまった。

ニット帽に眼鏡とマスク、もこもこしたコートを着た姿は完全に不審者で、怪しいことこの上ない。

……だけど、一所懸命だったな。

柿園がどんな人物か、美久は知らない。

しかし楠は亡くなった老教師のために奔走している。彼女は自分のためではなく、大切な誰かのために行動できる人だ。

4

金曜の朝は今期一番の冷え込みだった。美久は寒さに身を縮めながら吉祥寺駅から数分のところにあるベーカリーに入った。

時刻は午前十時半。今日は大学の講義がないので、聖と調査結果をすり合わせる予定だ。会う前に情報整理をしておきたかった。

ベーカリーの二階は飲食スペースだ。カフェオレを手に階段を上がると、テーブル席は埋まっていた。かろうじてカウンターに二つ並びの空席がある。

席に着くと、熱いカフェオレを飲みながら手帳を開く。

メモにはこれまで出会った依頼人の氏名がリストになっている。連絡の取れた人にはチェックマークをつけ、確認は九割方終えていた。

ブリキのかかしが登場する噂を知る者は、誰一人としていなかった。

念のため百々花に頼んで慧星学園にブリキのかかしの噂を知る生徒がいないか調べ

てもらったが、こちらも空振りだ。

美久はしばらく手帳を見つめ、開いたページに顔をうずめた。

どうしよう、聖君に報告できることがひとつもない……！

これだけ調べて何も出てこないのは想定外だ。ブリキのかかしの話はどこで派生したのか。そもそも、この噂と悠貴が去ったことに関連はあるのだろうか。

……これだって思ったんだけどなあ。

噂が二パターンあると気づいた時、直感した。しかし時間が経つにつれ、確信は揺らぐ一方だ。やはり時ヶ瀬を調べたほうが確実ではないか。

頭の片隅に浮かんだ考えを美久は自ら打ち消した。

悠貴君が困る方法はとりたくない。

理由はどうあれ、上倉家の関係者が嗅ぎまわれば時ヶ瀬はいい顔をしないだろう。下手に動けば悠貴の立場を悪くする。知りたいのは悠貴の本心であって、困らせたいわけではないのだ。時ヶ瀬を調べるのは噂の件が決着してからでも遅くない。

気を取り直して手帳をテーブルに置いた。まだチェックマークのついていない氏名が五つある。橋爪、池田、大原翠子、角田理花、紺野真由だ。

翠子には連絡をしたのだが、相変わらずすげなく、返信がない。

残りの四名は連絡先不明。このうち確実に〈ブリキのかかし〉と口にしたのは橋爪と真由の二人だ。

橋爪さんと真由ちゃんの共通点って、なんだろう？

年齢、職業、生活圏——思い出せることをとりとめもなく書き出すが、関連は見いだせない。考えを巡らせながら、ペンで二人の名前を囲んだ。

もしかしたら本人ではなく、近親者が顔見知りなのかもしれない。真由には両親と祖母がいたはずだ。橋爪は乳児と二人暮らしで、義母の協力を得ているようだった。

ふと角田理花の名に目がとまった。

そういえば理花さんの婚約者も亡くなってるんだっけ——

その瞬間、美久は雷に打たれたような衝撃を受けた。

視野が開けるようだった。ばらばらだった情報が結びつき、ある可能性を浮かび上がらせる。

手帳を捲り、全員の依頼内容を書き出した。一覧にして見比べると、橋爪たちには他の依頼人にない特徴があった。

やっぱり……もしかしてこの噂の共通点って！

「よう」

頭上から声が響いたのはその時だ。

いつの間にか、眠そうな顔の聖が立っていた。

「おはよう聖君」

ん、と聖は生返事で目をしばしばさせた。完全に目が覚めていないようだ。しかし右手にはスコーンやライ麦パン、ベーグルが山盛りになった木製プレートがある。寝ぼけていても、しっかり食べ物を持ってくるところが微笑ましい。

聖はなみなみとコーヒーが注がれたマグカップとプレートをテーブルに置き、美久の隣に腰を下ろした。

すかさず美久は聖の手にマグカップを戻した。

「コーヒー飲んで。早くしゃっきりして、今すごい発見したの！」

「はあ……？　まじか、美久は朝型か」

ぶつぶつ言いながら聖がカップに口をつける。

「目、覚めた？」

「そんな早く覚めねえよ」

「言い返せるくらい目が覚めてるね」

美久が微笑むと、聖は負けたと言わんばかりに天を仰いだ。

「で、何がわかったって？」

「ブリキのかかしの噂を知ってる人の共通点」

言いながら聖に手帳を見せた。

「家族構成を書いてて思い出したの。角田理花さんが〈ブリキのかかし〉を知ってるか、ちょっと自信ないけど……この三人の依頼、少し似てるの」

幼い子を抱える橋爪は妻を亡くし、その幽霊を探していた。紺野真由は祖母の余命がないと勘違いして初恋の人に会わせたいと願い、理花は恋人の遺言の謎を解くためエメラルドを訪れた。

「三人とも身近な人に関わる依頼だよね。それも病気だったり、亡くなった人についての依頼。これ、偶然じゃないと思う。たとえば大切な人を失いそうになった時に、探偵の話を聞いたんじゃないかな。だから依頼が似た雰囲気になったとか」

これまで様々な依頼が持ち込まれたが、数年内に身近な人に不幸があったケースはこの三人だけだ。

美久はベーグルを頬張る聖の答えを待たず、核心に触れた。

「ブリキのかかしが出てくる噂の共通点って、人じゃなくて場所じゃないかな」

「場所？」

「うん、たとえば病院とか。三人とも都内に住んでるし、病院なら年齢も職業も関係なく行くよね。どうかな、この推理……？」

聖は親指で口許を拭うと、にやりとした。

「やっぱ俺と美久が組むと楽勝だな」

「えっ？」

「昨日、紺野のばあさんに会った」

「本当!?　名前だけで紺野さんを見つけたの、すごい聖君！」

「だろ」

聖はもっと褒めろと言わんばかりに得意げな顔をして、言葉を継いだ。

「美久の推理で正解。ばあさんに確認したら、ブリキのかかしと探偵の話は看護師から聞いたってさ」

美久は呆気に取られた。まさかこんなに早く答えがわかると思わなかった。

驚きが去ると、俄然続きが気になった。

「それで、その看護師さんの名前は？」

「覚えてなかった。けど、病院はわかるぜ。広尾にある大慈記念病院だ」

有名な総合病院だ。そこに勤める看護師が探偵の噂を広めているのだ。

だけど看護師さんがどうして？

不思議に思った時、テーブルに置いた美久のスマートフォンが振動した。電話だ。ディスプレイに見覚えのない携帯番号が表示されている。

普段は知らない番号に出ないが、翠子や慧星の誰かかもしれない。

聖に断ってスマートフォンを耳に当てると、落ち着いた女性の声が響いた。

「角田と申します。こちらは小野寺美久さんの携帯でしょうか」

理花さん！　美久は心の中で歓声を上げた。

「はい、小野寺です。お久しぶりです、手紙見てくれたんですね」

「ええ、ドアに挟んであって驚いた」

「急にすみません。じつは理花さんに伺いたいことが――」

「それなら電話でする話じゃないわ、これから会える？」

「え？　はい、大丈夫ですけど」

理花は美久の現在地を確認し、二時間後に新宿のカフェを指定した。会って話すほどのことではないが、久しぶりに理花と会えるのは嬉しかった。

美久はスマートフォンを鞄にしまい、聖に顔を向けた。

「ブリキのかかしのことを知ってそうな人からだった。急だけど、一時に新宿で会う

ければ、その足で病院へ向かおう。

美久は頷いた。新宿なら広尾へも出やすい。理花がブリキのかかしのことを知らな

「じゃ、まずはメシだな」

ことになって」

指定されたカフェは新南口の商業ビルにあった。店内のそこここに植物が配され、都心にいることを感じさせない。角田理花は入り口に近いテーブル席にいた。

「お久しぶり」

グレーのスーツに身を包んだ理花は、きつい顔立ちの美人だ。感情の起伏のない口調とあいまって不機嫌そうだが、怒っているわけではない。それどころか美久には理花の表情が以前より柔らかくなったように感じられた。

「お久しぶりです理花さん。お変わりありませんか」

「ええ。時間が惜しいから話を進めましょう」

相変わらずの淡泊な対応に美久は笑みを深めた。

聖を紹介し、二人並んで理花の向かいに座る。コーヒーを注文すると、さっそく本題に入った。

「理花さんにお聞きしたいのは探偵の噂についてです。じつは〈エメラルドの探偵〉の噂が二パターンあるのがわかったんです。ひとつは、ある人に頼んで広めてもらった正規ルートなんですが、もうひとつの出所がわからなくて」

「ああ、契約書に探偵のことは口外しないって項があったわね」

「そうなんです。それで依頼人の方にどの噂で〈エメラルドの探偵〉を知ったか確認してるんですが……理花さんが聞いたのはどんな内容でしたか？」

「『魔法使いはエメラルドにいる、ブリキのかかしと共に』よ」

淀みなく返ってきた答えに美久は目を見張った。

「その情報はいつ、誰から⁉」

「依頼に行く数ヶ月前ね。仕事で入院中のクライアントを訪ねたの。その病院は笹塚が最期を過ごしたところで……お世話になった看護師とばったり会ったのよ。何年も前のことなのに、私のことを気にかけてくれて。エメラルドの魔法使いのことはその看護師が教えてくれた」

美久は聖と視線を交わし、理花に尋ねた。

「その病院は大慈記念病院ですか？」

「ええ」

「看護師さんの名前はわかりますか」

「磯辺さん。背の高い、五十歳前後の女性よ」

やっと見つけた……！

かちり、と頭の中でピースが嵌まる音がするようだった。ようやく噂の発信者に近づいた。あとは本人から事情を聞くだけだ。

「お忙しいところありがとうございました。さっそく病院で確認してみます！」

慌ただしく立ち上がると、理花が怪訝な顔になった。

「用件はそれだけ？」

「えっ？　はい」

「なんだ、私はてっきり上倉さんの件かと」

美久は目を白黒させた。

「上倉さんって……悠貴君ですか？」

元依頼人の理花が上倉と呼ぶなら、悠貴で間違いない。しかしなぜ悠貴の名が挙がったのだろう。夏に依頼を解決して以来、二人は顔を合わせていないはずだ。

理花はティーカップで口許を隠した。

「………何でもないわ、忘れて」

明言を避けたことで、美久はかえって確信した。

「やっぱり悠貴君と会ったんですね！　もしかして電話でする話じゃないって、悠貴君のことだったんですか？」

「………………」

「教えてください理花さん！」

理花はカップを見つめたまま沈黙した。最近、こういう場面によく出くわす。だんまりを決め込まれても、美久はめげなかった。

「私たち、悠貴君を追ってるんです。三週間くらい前に様子がおかしくなって……しばらくして悠貴君は家を出て行きました。何かあったはずなのに話してくれません。悠貴君が相談してくれないのは………私が頼りないからです」

苦い記憶が呼び覚まされ、束の間、声に詰まった。何の説明もなく去られ、何度手を伸ばしても冷たく振り払われた。

時間は止まってくれない。人は変わっていく――――だから。

美久は顔を上げ、まっすぐに理花を見た。

「もし悠貴君に口止めされてるなら、もう聞きません。代わりに悠貴君に伝えてください。絶対力になる、必ず追いつくって」

だから、私も変わる。

もう迷いはなかった。いくら手を振り払われても構わない。今持てるすべての力で悠貴の身に起きたことを解明してみせる。

「お時間いただいて、ありがとうございました。——行こう、聖君」

美久が鞄に手を伸ばすと、理花は辟易した様子で溜息を吐いた。

「私は無駄が嫌い。業務以外はやらない主義よ。だから伝言は預からない」

「あ？」

淡泊な対応に聖が顔を歪めた時だった。

「上倉さんが私に要求したのは、ある人物との接見よ」

理花が答えた。

唐突に事実を明かされ、美久と聖は面食らった。

「あの……理花さん今、余計なことはしない主義だって」

「上倉さんからの接見要請は〈エメラルドの探偵〉への報酬として引き受けた。依頼の経費は対価で支払う。それが契約でしょう」

「えっ！　それって、あの黒い契約書ですか⁉」

「そうよ」

美久は二の句が継げなくなった。

黒い契約書は悠貴が依頼人と交わす特別なものだ。経費以外の金銭を要求しない代わりに対価を支払う。ある依頼人がその詳細を尋ねた時、悠貴はこう答えた。

人生の一部をもらう。

冗談で言ったのではない。いつ、いかなる時も、悠貴の呼び出しに応じ、提示された命令を遂行しなければならないのだ。

あの契約書を使うなんて……！

前代未聞だ。何でも一人でできる悠貴が、初めて黒の契約書を履行した。裏を返せば、それほどの状況に置かれているということか。

「なあ、あんたしゃべっていいのか？〈エメラルドの探偵〉のことは話すなって契約にあるんだろ。悠貴にシバかれるぞ」

「そうね。でもそれは〈エメラルドの探偵〉以外に対して。探偵本人に話すのは守秘義務違反に当たらない。小野寺さんと上倉さんは二人で〈エメラルドの探偵〉でしょう。君は新しい探偵助手よね？」

理花の切り返しに、聖はぷはっと吹き出した。

「そーゆーことかよ。だな、俺は美久の助手だ」

「それなら契約上、問題はないわ。話を進めるわよ」

座るように促され、美久は元の椅子に着席した。

「さっきも言ったけど、上倉さんから接見を頼まれたの。連絡があったのは十一月中旬、ちょうど上倉さんの様子が変わったという時期ね」

「じゃあ、悠貴君がエメラルドを出た理由と関係が⁉」

「私にはわからない。とにかく、その時期に連絡をもらった」

「で、接見って何の？」

聖が話を進めると、理花は鞄からファイルを出した。

「拘置所の被疑者よ。私は弁護士なの。刑事弁護は専門外だから力不足だと言ったんだけど、話すだけでいいと言われた」

「話すだけなら悠貴が行けばいいだろ。なんであんたに？」

「被疑者に許可される面会は日に一度。刑務官が立ち合うし、時間も長くて三十分程度よ。でも弁護士なら、制限なく一対一で話ができる」

第三者に会話を聞かれるのを嫌ったか、話をするには時間が足りないと判断したようだ。そこで理花に白羽の矢が立ち、被疑者が了承したことで接見が実現した。

美久はまわりに聞こえないよう声を落とした。

「先日、危険ドラッグの製造と売買で逮捕された大学生、古森巧」

美久は驚いて目を見張った。

巧といえば、悠貴と寮で一緒だった人物だ。人望の厚い年長者で、悠貴はもちろん寮生から兄のように慕われていた。当然、聖からも。

美久が隣に視線を向けると、聖は落ち着いた様子で理花に尋ねた。

「悠貴は何を訊いてこいって？」

「〈頭の良くなる薬〉という危険ドラッグに関すること、すべて。上倉さんが特に気にしたのは、治験の有無と、それに関係する会社についての二点よ」

聖が眉の片方を吊り上げた。

「治験？」

「人に対して行われる臨床試験のこと。病院や薬局で扱われる薬はすべて厚生労働省の承認を受けて販売される。治験はその安全性や効果を確認する最後の行程ね」

「ああ、そういや巧がそんなこと言ってたな」

聖が思い出したように呟いたが、美久はなんのことかわからなかった。

「聖君、なんの話？」

「三年前の事件のことで巧を問い詰めた時、そう話してたんだよ。危険ドラッグをばらまいたのは治験だって。イカれてると思ってまともに聞かなかったけど、正規の治験の道筋は確保しただの言ってたな」

「同じ話を聞いたわ。国の承認を得るため、とある会社と研究を進めてるって。企業名や、共同研究なのかデータ提供だけなのかは教えてくれなかったけど」

　理花が言うと、聖は顔をしかめた。

「巧の妄想だからじゃねえの？　危険ドラッグだろ、ありえねえよ。そんな危ない薬、まともな企業は相手にしねえだろ」

「企業側はその件を知らないのかもしれない。だいいち、薬と危険ドラッグの線引きは難しいの。モルヒネみたいに医療用でありながら依存性の高い薬品もある。法的にも化学構造がほんの少し違うだけで違法なものが合法になったりする。そういう意味では琥珀色の危険ドラッグと企業に提出された薬品が同一か疑問ね」

　それに、と理花はファイルを捲った。

「〈頭の良くなる薬〉の来歴はかなり複雑だった。古森さんによると、柿園芳信という人が研究を重ねて現在の形にしたそうだけど、創薬は二十年以上前、カスミダ製薬で開発されている」

美久はきょとんとした。

カスミダ？　つい最近、その名を耳にしたばかりだ。

詳しく訊こうとした時、理花はさらに驚くべきことを口にした。

「当時、研究に出資していたのは時ヶ瀬商事。現在の時ヶ瀬グループね」

「時ヶ瀬……!?　ま、待ってください、危険ドラッグの製造に時ヶ瀬グループがお金を出してたんですか！」

理花は美久が驚く理由がわからない様子だ。

「違うわ、医薬品。創薬は途中で凍結されたそうだから、危険ドラッグに転用されたのはそれ以降じゃないかしら。ちなみに凍結の原因はカスミダ製薬と病院の癒着が発覚して、倒産危機に陥ったせい」

声は途中から耳に入らなくなった。

そんな……〈頭の良くなる薬〉と悠貴君のお父さんに関係があったなんて。

長年追い続けた雛田稀早(ひなたきさ)の事件を解決し、ようやく終止符が打てた。そう思った矢先、父親の会社の関与が浮上した。悠貴はどんな気持ちでこの話を聞いたのだろう。

「大丈夫？」

理花の声に美久ははっとして背筋を伸ばした。

「すみません、お話の途中で。理花さんのおかげで状況がわかりました」

そう、と理花は平板な調子で呟き、ややあってから言葉を継いだ。

「上倉さん、夏に会った時とずいぶん様子が違ったわ。表面上は変わらないけど、眼差しが暗かった。あれはよくない目よ。……同じような目つきを毎日鏡で見てたからわかる」

理花は自分のことを言っているのだ。

かつて理花は最愛の人を亡くした。悠貴の暗い眼差しに当時の苦悩や絶望が重なって見えたのだろう。だから悠貴を案じ、接見のことを打ち明けてくれたのだ。

「ありがとうございます、悠貴君のこと気にかけてくれて」

美久が頭を下げると、理花は首を横に振った。

「上倉さんのためじゃない。笹塚の遺言の謎を解いたのは上倉さんだけど、私らしさを思い出させてくれたのは小野寺さん、あなただった」

そう言って、理花は今日初めての笑顔を見せた。

「あなたたちは間違いなく、二人でひとりの〈エメラルドの探偵〉よ。未来の依頼人のためにも、そういう二人でいてほしい。私の勝手な希望よ」

美久は目を丸くした。

そんなふうに想ってくれていたのかと驚き、心があたたかくなる。

「全部解決したら報告に来て。その時は必ず上倉さんと一緒に」

「はい！」

美久が頷くと、理花は「楽しみにしてる」と目を細めた。


仕事に戻る理花を送り出し、美久と聖はテーブルに向かい合わせで座った。

聖は冷めたコーヒーに顔をしかめ、視線を美久に向けた。

「なあ、この前言ってた二十五年前の習峯高校での転落事故、犯人は霞田って教師かもって話してたよな。しかも悠貴がそいつを擁護して無罪放免にしたって」

「うん……」

美久も気になっていた点だ。〈頭の良くなる薬〉の前身となる薬を開発した製薬会社と同じ名の教師。その教師の前に悠貴が現れたのだ、偶然のはずがない。

「習峯高校の霞田さんは、カスミダ製薬の関係者……」

「だろうな。転落の件で霞田を擁護したのも、恩を売って情報を引き出すためだろ」

悠貴が理花に連絡した時期、そして霞田の一件を合わせれば、疑う余地はない。

「悠貴君が出ていった理由、これだったんだね。稀早さんの命を奪った危険ドラッグと時ヶ瀬の関係を調べてるんだ」

三年前の事件は解決した。しかし友人を死に追いやった薬物と父親の会社時ヶ瀬グループに繋がりがあるとわかった今、悠貴が真相解明に固執しただろうことは想像にかたくなかった。

悠貴がエメラルドを去ったのは、時ヶ瀬に命じられたからでも、脅されたからでもない。情報を得るため、自ら時ヶ瀬の懐へ飛び込んだのだ。

「あいつ、ネチネチしてるからな」

聖が呆れたように言うのを聞いて、美久は心配になった。

「……聖君は辛くない？　私でよかったら話を聞くよ」

「なんで？」

「三年前の事件を解決して、そんなに日が経ってないから。まだ気持ちの整理がつかないいんじゃないかなって」

「犯人は捕まえただろ。終わった話に興味ねえよ」

明るい茶色の瞳に虚勢はなかった。もともと聖は引きずらない性分だ。友人を死に追いやった真犯人を捕らえたことで気持ちに区切りがついたのだろう。

「それより、これからどうする？」

美久は思案した。〈ブリキのかかし〉の噂を調べたのは、悠貴の行動の謎を知るためだ。それが明らかになったのだ、もう噂を調べる必要はないだろう。だけど。

「聖君は看護師さん探してくれる？　やっぱり気になる、私の勘違いかもしれないけど、悠貴君の様子が変わったのは、あの噂に気づいた時だと思うから」

「構わねえけど、カスミダ製薬はどうする？　悠貴が追ってるのはこっちだろ」

「それなら、ちょっとあてがある」

楠は柿園の無実を証明するため、これから当時の同僚と会う予定だ。今から向かえば、約束の午後三時にぎりぎり間に合う。

柿園の同僚ならカスミダ製薬や時ヶ瀬について情報を持っているかもしれない。

「話が終わったら私も大慈記念病院に向かうね。そこでまた情報交換しよう」

「わかった。危ないことすんなよ」

「…………聖君に言われたくない」

「俺はできる男だからいいんだよ」

悪びれもせず笑う聖に、美久は疑いたっぷりの眼差しを向けた。

「病院の人、締め上げないでね？」

「りょーかい」

これほど信用できない返事も珍しい。美久は苦笑いした。

§

一時間後、聖は大慈記念病院にいた。巨大な総合病院の本棟は白を基調とした近代的なデザインで、吹き抜けのエントランスの壁は一面ガラス窓だ。人で賑わう総合受付を素通りし、エレベーターに乗った。

磯辺という看護師の所在は把握済みだ。病院に着いてすぐ、中庭で昼食を取る女性看護師に声をかけたのだ。持ち前の人懐っこさで打ち解け、磯辺を探していると話すと、若い看護師は快く協力してくれた。人事に詳しい同僚にメッセージを送り、磯辺が回復期リハビリテーション病棟で勤務中だと教えてくれた。

病棟のある五階は落ち着いた雰囲気だった。エレベーターを出た左手がスタッフステーションで、受付に面会者名簿と入館証を返すボックスがある。

聖はカウンターからステーション内を覗き、背の高い看護師に目をとめた。五十代の女性で、立ったままタブレット端末に入力している。

「磯辺さん？」

看護師が顔を上げた。聖は人懐っこく笑った。

「こんにちは。紺野ってばあさんの紹介で来た。二ヶ月くらい前に胃潰瘍で担ぎ込まれたばあさんいただろ？」

一拍おいて磯辺の顔が綻んだ。

「ああ、紺野さん。お元気？」

「めっちゃ元気。当分死にそうにない」

「それは結構ね。それであなたは？」

「紺野のばあさんの茶飲み友だち。ばあさんからブリキのかかしと魔法使いの話を聞いたんだよ。お姉さんが話してくれたって」

お姉さんね、と白髪のまじった磯辺は苦笑いだ。

「詳しい話、教えてもらえないか？」

聖がカウンターに凭れると、磯辺はタブレットを操作しながら答えた。

「『オズの魔法使い』知ってる？　その中にオズ大王っていう、どんな願いでも叶えてくれる偉大な魔法使いが出てくるの。そんなオズ大王みたいに何でも解決できる探偵がいるって、前に入院してた子が教えてくれてね。その目印がブリキのかかし。エメラルドのお店にあるんですって。夢があっていいでしょ。かわいい話だから、たまにするの。病院には時々そういうおとぎ話が必要なのよ」

「へえ」

この看護師は噂を広めているだけで、ネタ元ではないのだ。本命は患者だ。

「その話をした患者ってどんなヤツ？　名前は？」

「そうねえ……二、三年前のことだから。どうしてそんなこと知りたいの？」

「その魔法使い本当にいるから。俺、そこの助手」

磯辺は声を立てて笑った。まじめに受けとめていない様子だが聖は構わなかった。

「で、そいつの名前覚えてんの？」

「名前……なんだったかしら」

磯辺は宙を仰いだ。ややあってから、思い出した様子で言った。

「そうそう、白石雪奈さん」

「あ？　どっかで聞いた名前だな……白石、何？」

「雪奈さん。あなたと同年代くらいの子よ」

聖は顔をしかめた。何かが記憶に引っかかる。

「白石、白石、白石雪――――あっ、白雪か！」

パチン、と指を鳴らした。

聖が中学生の時に寮へ来た少女だ。顔は思い出せなかった。雪奈について聖が覚えているのはひとつだけだ。

三年前、体育館そばの物置で稀早と一緒に火災に巻き込まれ、生き残った女。

かつての寮生、それも三年前の事故に関わった女が、なぜか悠貴の身辺のことを噂にして流している。

「ハッ、すげえ偶然」

聖は皮肉を吐いて磯辺を見た。

「そいつ、他になんか言ってた？　上倉悠貴がどうのとか吉祥寺によく行くとか」

磯辺はタブレットを注視しながら気のない返事をした。

「聞いたことないわね。……ああ、でも不思議なことを言う子だった。物語はまだ終わってないとか、〈天使の繭〉には秘密があるとか」

「あ？」

「童話か何か書いてたのかしらね」

「――面白いな」

暗い響きの声に磯辺はぎくりとして顔を上げた。

「………どうしたの」

「〈天使の繭〉ってのは、琥珀色の危険ドラッグの通称のひとつだ。そのヤバい代物の秘密を白雪が知ってるなんて妙だろ。……もう終わったと思ってたけど、どうもそうじゃないらしいな。白雪から話を聞かねえとな」

独り言のように付け加え、聖は笑った。

「サンキュ。すげー参考になった」

磯辺は後退りした。

青年の明るく親しげな雰囲気は変わらない。だが、薄茶色の瞳は獣のように鈍く光っていた。

5

美久が千駄木駅の一番出口に着いた時、時計の針は午後三時六分を指していた。急いだが、約束の時間に間に合わなかった。

走れば追いつくかな。だけど楠さん、どっちに行ったんだろう？

「ちょっと、ねえ」

その時、どこからともなく潜めた声が響いた。しかしあたりに人影はない。

「こっち。こっちだってば」

声は自動証明写真機からだ。使用中らしくカーテンは閉じている。と、カーテンの隙間から顔が覗いた。帽子に眼鏡にマスク。いかにも怪しい女が手招きした。

よかった、いた！　合流できたのは喜ばしいが、相変わらずのインパクトだ。

美久は自動証明写真機のところへ行き、カーテンの陰に潜む楠に尋ねた。

「そんなところで何してるの？」

「いいでしょ別に。ひ、人が苦手なだけ……外もイヤ、広いところも嫌いだけど」

町は楠の嫌いなもので溢れているようだ。そうとわかると、楠の選んだ場所はなかなか画期的だ。

「いい場所だね、小さな秘密基地みたい」

カーテンを閉めれば人目につかず、狭い空間が落ち着くのだろう。発想の転換に美久が感心すると、楠は、ふふん、と鼻を鳴らした。

「き、来たんならしょうがないわね、連れてってあげる」

自動証明写真機から出てきた楠は今日ももこもこしたコートで着ぶくれして、不審者と間違えられそうな装いだ。背中を丸めてこそこそ歩く様も怪しさに拍車をかけている。一人で歩かせたら警察官に呼び止められそうだ。

美久は楠の隣に並んだ。

「ここからどこに行くの？」

「ナカムラの家」

「ナカムラさん？」

尋ね返すと、楠はこほっ、と乾いた咳をした。

「ナカムラアツコ、先生の元同僚。腰が痛くて出られないって言うから家に行く」

「そうなんだ。その元同僚の人とは、どうやって知り合ったの？」

「先生の遺品。年賀状とか手帳とかから」

美久は得心した。柿園が亡くなり二年以上経つ。どうやって元同僚を見つけたのか不思議だった。不思議なことはもう一つある。

「上倉君の住所はどうやって調べたの？　喫茶店がおうちだって学校の人も知らないはずなんだけど」

「慧星高校のパソコンをハッキングした」

「なんだ、ハッキ――ハッキング!?」

美久は楠を見つめた。冗談かと思ったが、そうではなかった。

「私、ひきこもりだったから。中学で全部失敗、友だちはパソコンだけ」

「……もしかして外が嫌いっていうのは」

返事はなかった。いや、沈黙が答えなのだろう。中学生の頃、楠は線路に飛び込もうとするほど辛い経験をした。こうして外を歩くこと自体、勇気がいるはずだ。

そう思うと、楠の服装が理解できるような気がした。可愛らしい顔立ちを隠す眼鏡やマスクは外界から身を守る鎧なのだ。

二人は無言で歩いた。楠がスマートフォンの地図を見ながら半歩先を行く。

交通量の多い不忍通りを脇にそれると、町は昭和の風情漂う住宅街へと姿を変えた。古い民家が軒を連ね、苔生したブロック塀や軒先の植物が小道を彩る。商店や神社仏閣がひょっこり現れては民家の群れに消えていく。

十分ほど経った頃、楠が足を止めた。

「あの角の家」

咳をしながら、古い木造の戸建てを指差した。

美久は頷いて歩を進めた。しかし足音はついて来ない。怪訝に思って振り向くと、楠は棒立ちになっていた。

「楠さん？」

「…………ずっと、考えてた。あなたが言ったこと、事実だったらって」

何の話題か、思い至るのに数秒要した。

「柿園さんが危険ドラッグに関わってたこと？」

美久が尋ねると、楠はきつい眼差しで睨み返した。

また怒り出すかに思われたが、そうではなかった。

「どうしよう……っ」

急に楠の眉が下がり、眼鏡の奥の瞳が不安げに揺れた。

「柿園先生は私の命の恩人、すごくいい先生。だけど警察は先生が悪い人で危険ドラッグを作ったって。こんなの全部嘘、現実のはずないっ、誰かが先生に罪をなすりつけたに決まってる！　そうに決まってるのに……あなたまで同じこと言った」

楠はマスクを押さえ、こほこほと咳き込んだ。

「なんで嘘吐くのって思った。でも、あなたは先生と関係ない、嘘を言う理由がない……じゃあ、あなたが言ってることが本当」

自分の言葉に恐れをなしたように楠は息を詰めた。

「先生が悪い人だったらどうしよう！　本当にそんなひどいことを」

悲痛な声が聞こえたのはそこまでだ。楠は激しく咳き込んだ。背中を丸めて、うずくまる。

「楠さん⁉」

「吸入器……バッグの、ちっちゃいポケット」

美久は楠が背負ったデイパックを調べた。小さなポケットのジッパーを開けると、てのひらに収まるサイズのL字型のプラスチック製品があった。

「これ？」

しゃがみ込んで見せると、楠はマスクを外して吸入器を咥えた。薬が噴霧され、深い呼吸にあわせて背中が動く。

「ぜんそくの発作……ストレスがかかると、ひどくなっ……」

「しゃべらなくていいから」

美久は楠の背中をさすった。

ぜんそくは季節の変わり目に出やすい。乾燥や寒さも無関係ではないだろう。

でも、それだけじゃない。

楠は引きこもりで、高校も通信教育だと話した。人と話すのが得意ではなく、外に出て美久や悠貴を探すのも胆力がいったはずだ。それもこれも命の恩人の柿園のため。だから立ち向かえた。

ところが無実を証明するどころか、柿園の悪い話を裏付ける証言ばかり出てくる。

恩人の潔白を信じて疑わずにきた楠だが、自信が揺らいでいたのだろう。

うそつき——美久をなじったのは不安の裏返しだ。本当は誰にも相談できず、不安と恐怖でいっぱいだったのだ。

ひゅうひゅうと喉が鳴る音が聞こえた。

「だめだ、治まらない……」

「どこかで休もう、話ができる状態じゃないよ」

楠は首を強く横に振った。

「ナカムラアツコと約束の時間、遅れたら印象悪い」

「そんなこと言ってる場合じゃあ——」

「あなた一人で行って。さっき公園あった、少し休んだら……すぐ行く、から」

「こんな状態で楠さんを放っておけるわけないでしょ！」

楠が美久を突き飛ばした。

「行って！　私、知りたい……！　本当のこと……、行って」

大きな眼鏡の奥の瞳は切実だった。懸命な眼差しに美久は根負けした。

「ちょっと待ってて」

言い置いて、遠くに見える自動販売機へ走った。

ざっと商品を確認してミルクティーを購入する。紅茶には体を温める作用がある。初めて会った時楠はミルクティーを飲んでいたので、嫌いではないはずだ。うずくまる楠の元へ戻り、その手に温かい缶を握らせた。

「公園は寒いから。飲んでもいいし、カイロ代わりに使ってもあったかいよ。少し落ち着いたら、どこかのお店で待ってて。絶対むりしないって約束して」

念を押すと、楠は弱々しく頷いた。心なしか顔が青い。

心配だが美久にできるのはここまでだ。楠の背中が通りの向こうに消えるのを見届け、正面に顔を戻した。面識のない人の家を一人で訪ねるのは抵抗があるが、そんなことを言っている場合ではない。

問題の家は建売の戸建てだった。門柱の表札には『中村（なかむら）』とあり、和彦（かずひこ）、敦子（あつこ）、しおり、と名前が並ぶ。家族で暮らしているようだ。チャイムはカメラ付きではなく、昔ながらの音符のマークが書かれたボタンが一つ。

アットホームな雰囲気に少しだけ緊張が緩んだ。

チャイムを鳴らすと、家の奥から「はーい」と女性の声がした。少し遅れて律動的な足音が近づいてくる。玄関の戸に人影が浮かび、ガラガラと引き戸が開いた。

挨拶しようとした美久は、現れた人に目が釘付けになった。

ここにいるはずのない人物が目の前に立っている。

「ゆ……悠貴君⁉」

美久は目を疑った。しかし柔らかな黒髪に神様が丁寧に作りすぎた顔立ちの高校生がそのへんにごろごろいるはずもない。

悠貴も驚いた様子で瞠目した。

慧星学園の制服の上にコートを羽織っている。靴に履き替えているところを見ると、腰の悪い家人に代わって応対し、入れ替わりに帰るつもりだったのだろう。

先に我に返ったのは悠貴だ。学生鞄と大きな籐のバスケットを手に引き戸を閉め、美久を門柱のところまで押し返した。

「ここで何をしている。俺をつけてきたのか」

「違うよ、悠貴君こそここで」

何してるの、と問おうとして美久は悟った。

「やっぱり、琥珀色の危険ドラッグと時ヶ瀬の関係を調べてるんだね」

悠貴の眉がぴくりと震えた。感情を隠しているが、その反応で十分だ。

こんなところで鉢合わせするとは夢にも思わなかったが、悠貴が柿園の同僚を訪ねる理由は他に思い当たらない。

「時ヶ瀬は昔、あの薬の研究に出資してた。その話を聞きにきたんだよね。だから悠貴君はここにいるんでしょう？」

「あれだけ言われてまだ俺を嗅ぎまわっているのか。頭がおかしいんじゃないか？」

きつい言葉は挑発だ。その手にはもう乗らない。

「悠貴君が時ヶ瀬に戻ったのは薬のことを調べるため、エメラルドを離れたのも私や真紘さんを巻き込まないためだった。もう全部わかってるよ、だから」

「俺がどこで何をしようとお前には関係ない」

「関係ある！」

「そんなにカフェの仕事もクビにしてほしいのか？」

「う……っ」

美久が返答に詰まると、悠貴は冷淡な眼差しを向けた。

「お前を巻き込まないために俺が店を離れただと？　なぜ俺がお前の身を案じなければならない、気色悪い解釈を押しつけるな」

「だけどお店を出たのは時ヶ瀬に目をつけられないためでしょう？　私を調査から遠ざけたのだって」

「うぬぼれるな。俺が一度でもお前の手を借りたいと頭を下げたことがあったか？

お前に俺と同等の知能があるとでも？」

「それは――」

おい、と悠貴が低く遮った。

「今この瞬間も俺に無駄な時間を使わせていると自覚しろ」

「そんな言い方しなくたって……」

「うざいと言ってるんだ！」

きつい言葉で撥ねつけられ、美久は息を呑んだ。

悠貴の眼差しは冷め切っていた。

「迷惑なんだよ。お前が俺にできる最大の貢献は『何もしない』ことだ。自分の程度も理解できず俺の役に立ちたいだのと馬鹿げた妄想を抱いてるなら、今すぐ捨てろ、回れ右して二度と俺の前に現れ――」

「悠貴君のばか！」

キンッ、と声が響いた。

一瞬、悠貴が鳩(はと)が豆鉄砲を食ったような顔になった。まさか美久にばか呼ばわりされる日が来ようとは思いもしなかっただろう。

美久は悠貴を睨んだ。

「どうしてそう何でもかんでも一人でやろうとするの！　たしかに私は悠貴君みたいに頭がよくない、できないこともたくさんある。だけど悠貴君を放っておけるわけないでしょ！　私も真紘さんも悠貴君の力になりたいんだよ！」

「それが迷惑だと言ってるのが理解できないのか」

「そんなの知らない！」

「……お前、ケンカを売りに来たのか？」

「違うよ、悠貴君を守りにきた！」

「ハッ、一体何から俺を守るんだ」

「悠貴君自身からだよ」

悠貴は笑うのをやめた。何を言っているのか、理解できないようだ。

「わからない？　今の悠貴君がしてることは、すごく悲しいことだよ」

友人の命を奪った危険ドラッグと時ヶ瀬に関係があるかもしれない。

真相を知りたい気持ちはわかる。だが、その先に何があるだろう。しかも悠貴は情報を得るためだけに野尻や長谷の想いを踏みにじり、罪のある教師を見逃した。

ほしいものを手にするために誰彼構わず傷つけ、手段を選ばない――――そんな悠貴の姿が信じられなかった。どうしてそんなひどいことをするのか理解できず、美久は悠貴の変貌に胸を痛めた。

だけど本当に辛いのは私じゃない。悠貴君だ。

美久の知る悠貴は、罠だと知りながらダニエルの挑戦を正々堂々と受けた。嘘ばかり吐く翠子に手を貸して、初恋の人に再会させてあげた。

無関心そうで思いやりが深く、意地悪なのに優しい。そんな悠貴を美久は誰よりも近くで見てきた。

「悠貴君、ずるいこと嫌いでしょう？　プライドが高くて、いじわるで、ひねくれて。だけど最後はいつも助けてくれた。今の悠貴君は正反対だよ。悠貴君は卑怯な人になろうとしてる。〈エメラルドの探偵〉の信念も思いやりも捨てて、目的さえ果たせればいいと思ってる」

それはごまかしや嘘をよしとせず、高潔であり続けた悠貴自身への裏切りだ。信念を曲げるのは苦しいはずなのに平気なふりをして、自分を傷つける。

そんなこと、絶対に見過ごせなかった。

「悠貴君が時ヶ瀬とあの薬のことを調べるなら、私も調べる。止めたってむだだよ。置いてかれても、いじわるされても調べる。私、絶対に悠貴君をひとりにしない。どこにいても必ず悠貴君を見つける。なにがあっても追いつくから！」

美久の明るい瞳はまっすぐに悠貴を映した。

悠貴は険しい目つきでそれを眺め、すっと視線を逸らした。

「ばかばかしい」

吐き捨てられたが、美久は笑みをこぼした。

「それ、褒め言葉」

その時、家の中から女性の声が響いた。

「ねえー、外で話してないで上がってらっしゃいな！」

家人の中村だろう。美久は「うかがいます！」と大きな声で応じて悠貴を見た。

「待ってて、悠貴君」

答えはいらない。

すべきことはもうわかっている。

悠貴の横をすり抜けて、美久は玄関を開けた。

エピローグ

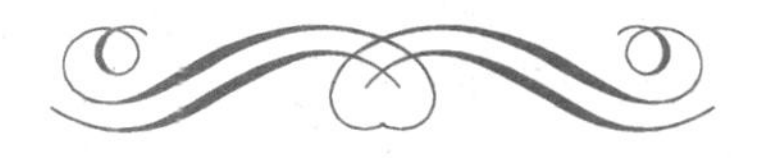

午後四時。西日の差す一室に、ふわりと紅茶が香った。

悠貴は茶葉の蒸らし時間をきっかり計り、ティーポットのフタを開けた。スプーンで軽くひとまぜして、味を均一にする。

ぽってりと丸いティーポットは英国王室で愛される老舗磁器メーカーの逸品だ。なめらかな白磁に青いバラが咲き誇り、金彩が品の良い光を浮かべている。ティーカップとソーサーも同じデザインだ。

湯で温めたティーカップに黄昏（たそがれ）色の雫が注がれる。

黄みがかった明るいオレンジは澄んだ色をして、カップに落ちると紅茶の香りが開いた。瑞々（みずみず）しい花のような甘く爽やかな香りだ。

紅茶を淹れる悠貴の姿を窓辺から射す夕陽（ゆうひ）が縁取った。

柔らかな黒髪は金色に輝き、やや影になった端麗な顔立ちはミステリアスな雰囲気を纏う。優美な佇まいはそれだけで絵になる。何より悠貴の所作は美しかった。

凜として、無駄がない。王子様と呼ばれることの多い悠貴だが、そのイメージは外見に由来するばかりではない。立ち姿と品のあるふるまいが高貴な印象を与えるのだろう。高価なティーカップも悠貴が持つと彼のために誂えられた品のようだ。

しかし悠貴手ずから紅茶を淹れるのは珍しい。

表に立つことを嫌う悠貴は、エメラルドで常に調理を請け負った。裏方が来賓用の茶器を使うことはない。まして、外出先で自分が飲むために高価なティーセットを用いることなど。

そこは珈琲エメラルドとは似ても似つかない空間だった。

コーヒーの香りもアンティークの調度品もない。談笑する客もいなければ、真紘や美久の姿もなかった。美久たちはこの場所がどこにあるかも知らないだろう。

その部屋はこぢんまりとして、かすかに消毒液の匂いがした。

薄ピンクのカーテンで仕切られ、白いリクライニングベッドが空間のほとんどを占めている。備え付けの戸棚とサイドテーブル、椅子が一脚。それだけで小部屋はいっぱいだ。

まっさらなベッドカバーの上には、悠貴が持ち込んだ大きな籐のバスケットが開いた状態で置かれている。中には青バラのティーカップとソーサーが飾られ、味気ない室内に彩りを添えていた。

悠貴はカップの水滴を白い厚手のクロスで拭き、ソーサーと向きを揃えると、ベッドでくつろぐ女性に差し出した。

「シッキムだ。ネパールとブータンの中間、ダージリンの産地に隣接する高地で栽培される希少な紅茶だ。香りは華やか。渋みは少なく、まろやかで飲みやすい」

白い手袋をはめた手が食器を受け取った。若い女性はティーカップに顔を近づけて香りを楽しむと、口をつけた。ややあってから目線を上げる。

何か言いたそうな気配を察して、悠貴は身をかがめた。

女性が悠貴の耳元に唇を寄せた。

「おいしい」

囁かれた言葉に悠貴の表情が柔らかくなる。

悠貴は女性の目を覗き込み、その瞳が普段より明るいことに気づいた。

「気に入ると思った」

「今日は気分がよさそうだな、白雪」

女性は目を細め、答える代わりにもう一口紅茶を飲んだ。

彼女の名は、白石雪奈。

白雪とはその氏名を短縮したあだ名だ。

その時、不意に薄ピンクのカーテンの向こうから人影が現れた。

看護服を着た女性が悠貴に目をとめ、少し驚いた顔になった。

「あら。いい香りがすると思ったら、あなただったの」

「こんにちは。匂い、ご迷惑でしたか？」

悠貴が愛想良く応じると、看護師は顔の前でひらひらと手を振った。

「気にならないわよ。邪魔してごめんなさいね、出直すわ」

「白石に話があるのでは？　僕は席を外しますが」

「いいのいいの、明日の検査の話だから。じゃあ白石さん、夕食のあとにね」

彼氏とごゆっくり、と看護師は目配せして、愉快そうに去っていった。

悠貴は白雪と視線を交わし、肩を竦めた。

悠貴が白石雪奈と再会したのは三週間ほど前、ダニエルが軽井沢での謎解き対決を持ちかける前だ。その日以来、時間を見つけては白雪の病室を訪ねている。

美形の高校生はたちまち噂になり、激務に追われる医療従事者の女性たちの日常を潤しているようだ。だが、悠貴と女性の関係は浮ついたものではない。

悠貴の胸には黒くどろりとした感情が熾火のようにくすぶっている。いつ爆ぜるともわからない、危険な感情だ。

悠貴はサイドテーブルへ向かい、もう一客のカップに紅茶を注ぎながら尋ねた。

「不自由してないか？　ほしいものがあったら買ってくる」

白雪は首を小さく横に振り、枕元にあったタブレット端末を膝にのせた。人差し指で、たどたどしくテキストを入力し、ディスプレイを悠貴に見せる。

『そっちはいいの？』

「何が？」

白雪はタッチスクリーンのキーを弾いた。

『カノジョ。きつくあたって置いてきたんでしょ』

完成した文章を読み、悠貴は眉根を寄せた。

「なぜそんな発想になるんだ？」

『悠貴、優しい顔するようになったよね。特別なひとがいるん』

かちっ、と音がしてディスプレイが真っ暗になった。悠貴が電源を切ったのだ。

「そんなものはいないし、興味もない。他に考えるべきことがあるだろ」

平時なら聞き流せるが、今の状況でばかげた話題に付き合う気はない。

白雪は悠貴をまじまじと見つめ、口を開いた。

「じゃあ、問題が起きた？」

がらがらにひび割れた、老婆のような声。とても十九歳の女性とは思えない声だ。

悠貴は白雪を見つめた。

頭から首まで、ガーゼと伸縮性のあるネット包帯ですっぽりと覆われている。目と口許だけがわずかに覗く痛ましい姿だ。だが顔を見ることは叶わなくとも、その居住まいは昔の面影を残している。

悠貴は吐息を漏らし、優しく答えた。

「いや、問題ないよ——稀早」

かつての名で呼ばれ、白雪は小さく吹き出した。

「相変わらず嘘が下手だね、悠貴は」

この世に存在しない彼女は、おかしそうに目を細めた。

三週間前の幕開け

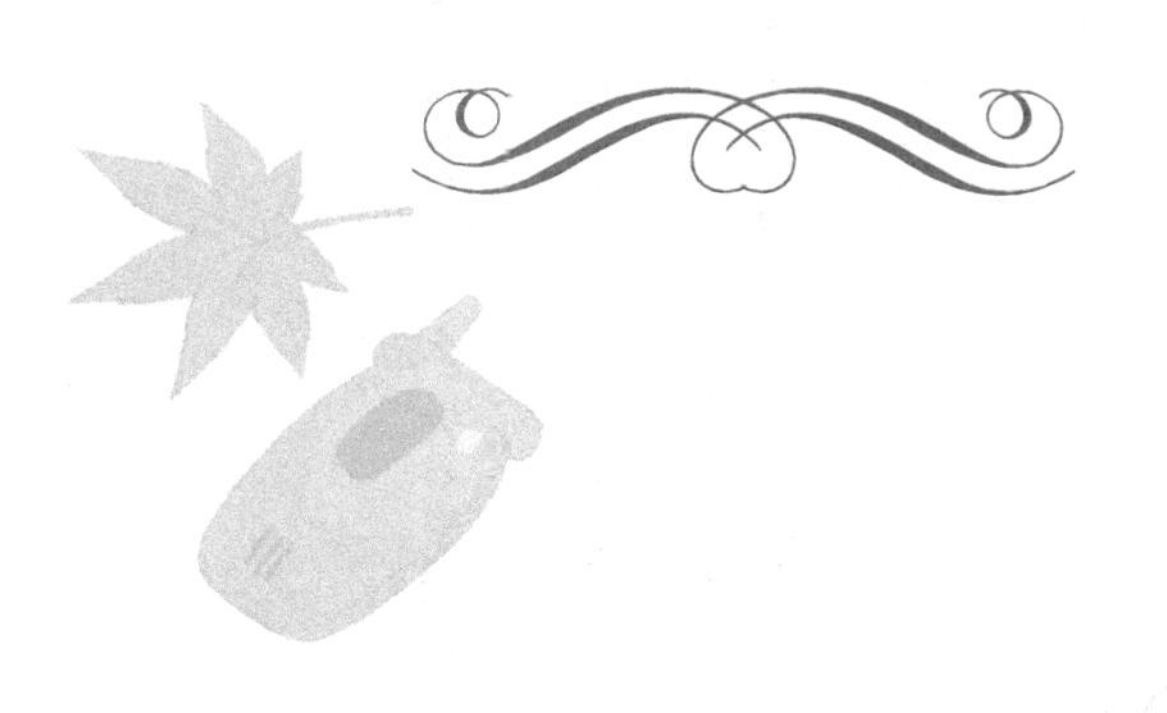

「ねえねえ」

きらきらと光が落ちる。まるで木漏れ日が話しているみたいに明るい声が降った。

「悠貴のおうちってどんなところ?」

頭上を仰ぐと、太い枝に腰を下ろした小学生の稀早がいた。

木の根元に座った小さな悠貴は読みかけの図鑑を膝にのせて答えた。

「喫茶店だよ、珈琲エメラルドっていうんだ」

「カフェ! へえー、おしゃれ!」

稀早が目を輝かせるのを見て、悠貴は顔をしかめた。

「稀早が思ってるような店じゃないよ。小さいし、古いし、じいちゃんが世界中から集めたみやげとか、変な置物もあるし」

「どんな置物?」

「ブリキのかかしとか」

「んん?」

「兄ちゃ——真紘が作ったんだ。店の名前にちなんでオズの魔法使いのキャラクターを置こうって。でも真紘が記憶だけで作ったから、かかしなのにブリキのよろい着てるんだ。しかも胸にはカレッジって書いてある」

くすっと稀早が笑みをこぼした。

「なにそれ、へん」

「喫茶店なのに真紘の料理はまずいし」

「えー、へんなの」

くすくすと肩を揺らして笑うと、稀早はぽつりと付け加えた。

「そこが悠貴の帰りたい場所なんだね。いいなあ」

「稀早も来れば？」

「いいの？」

うん、と悠貴は頷いた。いいも何も、珈琲エメラルドはそういう店だ。

「真紘が言ってた。エメラルドには魔法使いがいて、『おかえりなさい』と『ただいま』の魔法がかかってるんだって。じいちゃんがそういう雰囲気の店にしたって意味だろうけど」

話を聞いた時は子どもっぽいなと思ったが、今は少しだけ信じている。

エメラルドにやってくる客の表情がそう思わせるのだ。

「いいことも悪いことも、辛いことも嬉しいことも、何もなくたって。『帰りたい』と思ったら誰でも帰ってこられる場所なんだ。うちはそういう店」

悠貴がそう結ぶと、木に腰掛けた稀早は溜息を漏らした。何かとてもきれいなものを見つけたように頬を緩め、こう囁いた。

本当に魔法使いがいるみたいだね――

なんてことのない、記憶の一ページ。

子ども時代の思い出にそれ以上の意味はなかった――あの瞬間が訪れるまで。

§

時は、現在より三週間遡る。

ダニエルからの挑戦で軽井沢へ向かう数日前、もうひとつの物語が幕を開けた。

悠貴がそれを確信したのは、四元との会話からだった。

探偵の噂を発信する四元がブリキのかかしを知らない。

その齟齬に悠貴は少なからず驚いた。店に居合わせた客が依頼に聞き耳を立て、新たな噂が発生した可能性はゼロではない。だが悠貴の脳裏をよぎったのは、まったく別のことだった。

ブリキのかかし――その話を稀早に聞かせた日の情景が鮮やかに蘇った。

亡くなった友人との、小さなやりとり。ささやかな記憶が呼び覚まされた原因ははっきりしていた。つい先日、奇妙な出来事があったからだ。

三年前の因縁の事件を解決し、友人の墓を訪ねた日のことだ。踏切の手前で非通知の着信があった。

『悠貴？　私だよ』

聞き覚えのない、しゃがれ声。だが、その口調は亡くなった友人雛田稀早を連想させた。一瞬の、白昼夢のような体験だった。

気が高ぶっていたせいで幻聴を聞いた。

その時はそう自分を納得させたが、疑念を拭えずにいた。稀早と似ても似つかない声だが、名乗らずにしゃべる彼女の癖を知る者はごく少数だ。

誰かが稀早のふりをして俺に働きかけようとしている……？

そんな疑いを抱いた矢先に知ったのが〈ブリキのかかし〉の一件だ。放置する理由などなかった。

悠貴はその日のうちに元依頼人に連絡を取った。誰がどんな経緯で依頼したか正確に記憶している。〈ブリキのかかし〉と口にした数名に確認すると、全員が大慈記念病院の磯辺の名前を挙げた。

次に聖ヨゼフ国際学院の寮を訪ね、稀早の姉である雛田祥と白石雪奈の行方を捜した。稀早の癖を知る者がいるとすれば、近くで生活していた人間だ。同じ高校に通い、寮生活を共にした二人以外に考えられなかった。

はたして悠貴の読みは正しかった。

体育館そばの物置火災のあと、白石雪奈が大慈記念病院に転院したことを寮母が覚えていたのだ。

ブリキのかかしの登場する噂を流したのは十中八九、雪奈だ。しかし、なぜ雪奈が噂を流しているのか？

疑問を解消するため、彼女の足跡を追った。所在を摑むのに少々手間取ったが、悠貴には難しいことではなかった。

二十三区の外れにある中規模の総合病院は、年季の入った古めかしい建物だった。目指す病室は二階の突き当たりにあった。四人部屋で入り口のネームホルダーはすべて埋まっている。そのひとつに『白石雪奈』の名はあった。

白石雪奈。

その名前を前にして、悠貴の胸にざらりとしたものが広がった。

三年前のことを考えていた。

高校一年の白石雪奈は〈白雪〉と呼ばれていた。雪奈は自分を捨てた母親が迎えにくると頑なに信じ、寮に馴染もうとしなかった。あだ名は氏名を短縮したものだが、眠って王子様を待つ白雪姫という揶揄も込められていたのだろう。

雪奈について知っているのはそれくらいだ。寮は男女で分かれており、中学生だった悠貴は接点がない。ただ一度だけ、面と向かったことがある。

体育館そばの物置火災のあと、病室の雪奈を訪ね、火事の状況を訊こうとしたのだ。火傷で苦しむ雪奈を気遣いもせず。

無神経な悠貴のふるまいに雪奈は憎しみに満ちた目で沈黙を貫いた。それが白石雪奈との最後のやりとりだ。

三年ぶりとはいえ、あの日の繰り返しになるかもしれない。

一抹の不安を胸に悠貴は病室に入った。

雪奈は今年、十九歳になる。稀早が生きていたら同じ歳だ。

奥へ進むと、窓辺の病床に白石雪奈を見つけた。リクライニングベッドを起こし、入り口に背を向ける恰好で外を眺めている。

その姿を目にした瞬間、ふと既視感に襲われた。

何だ？

悠貴は内心で首をひねった。既視感の原因を探ろうとした時、雪奈が振り返った。

その風貌に驚かなかったといえば嘘だ。

彼女の顔は、まっさらなガーゼとネット包帯で覆われていた。

頭からすっぽりと包まれ、目許(めもと)と口許にわずかな隙間があるだけ。首にスカーフを巻き、手には絹の手袋を嵌めている。執拗(しつよう)に地肌を隠した姿は、かえって痛ましい火傷の傷痕を想像させた。

しかし悠貴は感情を表に出すことはなかった。穏やかな口調で話しかける。

「白雪、久しぶり。上倉だ。覚えてるか？」

ベッドに近づくと、先ほど覚えた既視感は違和感に変わった。

何か妙だ。誤った数式で解を導いたような据わりの悪さ。説明のつかない感覚を抱えながら、当たり障りのない話題を振った。

「三年ぶりだな。具合はどうだ」「他の寮生とは連絡を取ってるか？」「寮母は元気だった。よろしくって言ってたよ」

雪奈は無反応だった。

上辺だけだと見破られているようだ。悠貴は取り繕うのをやめた。

「三年前は悪かった。……病床で苦しむ白雪を訪ねておいて、気にもかけなかった。今日はその謝罪と質問があってきた」

あらためて当時のことを謝罪し、本題を切り出した。

「『エメラルドには魔法使いがいる、ブリキのかかしと共に』。この噂を流したのは白雪、お前だな」

その質問で初めて雪奈が動いた。自分の喉に触れ、軽く咳をする。

「近くに来て。火事のせいで声が出ない」

がらがらに嗄(か)れた声は非通知電話のそれと同じだ。

先日、電話をしてきたのは白雪で間違いない。

「やはりお前が稀早の口調を真似(まね)て電話してきたんだな。目的は何だ？　なぜブリキのかかしを知ってる？」

もっと近くに。そう言うように雪奈が椅子を指した。

悠貴はベッド脇の椅子に腰を下ろした。顔を向けようとした時、雪奈が悠貴のほうへ身を乗り出した。

「やっと来たね、悠貴」

潜めた声を耳にしたとたん、ざわっと全身が鳥肌立った。なぜそんな反応になったか悠貴自身、すぐに理解できなかった。

雪奈はしゃがれた声で続けた。

「小学生の時、悠貴は外でも本読んでたよね。木登りしよって誘っても、木の下で本読むの。ひねくれた子だなって思った」

「……は？」

雪奈が入寮したのはあの火災の半年前だ。悠貴の子ども時代など知るはずがない。事実無根の妄言。

そのはずなのに記憶が揺さぶられる。

「ブリキのかかし、悠貴のお兄ちゃんが作ったんだよね。店の名前にちなんで、オズの魔法使いのキャラクターを置こうって。でも記憶だけで作ったから、かかしなのにブリキのよろい着てるの。しかも胸には勇気って書いてあって」

激しい混乱が悠貴を襲った。

この話をしたのは一度きり、聞かせた相手も一人きりだった。

どくどくと心臓が胸を叩く。

「うちは喫茶店なのにマヒロの料理はまずい――なんて文句言って。でも、そこが悠貴の帰りたい場所なんだよね。『おかえりなさい』と『ただいま』の魔法がかかった、大切な居場所」

当時、聞かせたままの言葉を返され、悠貴は絶句した。

愕然として目の前の女を凝視する。

眼前にいるのは白石雪奈だ。病室のネームプレートも病院の受付でもその名を確認した。しかし女をじっと見つめると、ガーゼとネット包帯で覆われた顔にまったく別の懐かしい面影がちらついた。

悠貴は息を呑んだ。

「な……」

それは、途方もないショックだった。

喜びや驚き、そんな感情を飛び越した暴力的な衝撃だった。脳が激しく揺さぶられ、理性や思考が弾け飛びそうになる。

落ちつけ、違う……！　雪奈は稀早から又聞きしたんだ、だから今の話を知っている。そうだ、こんなことあるはずがない！

妄想を断ち切るが、胸のざわめきは収まらない。

ありえない馬鹿げてる、冷静になれ、あいつは死んだんだ、こんなの現実的じゃない荒唐無稽だ百パーセントありえな――

「稀早」

気がつくと、悠貴はその名を呼んでいた。

自分でもわけがわからなかった。

だが意識下では気づいていたのだ。声は違っても、イントネーションや息継ぎのタイミングが親しかった少女とまったく同じであることを。

その感覚が間違っていないことは女性の目を見れば明らかだった。

「気づくの遅いよ」

ネット包帯の奥の目が笑うのを見て、悠貴は慄いた。

「ありえない……！」

一度は認めておきながら、受け入れられなかった。

激しい混乱と困惑。信じがたい現実を目の当たりにして、非現実的だと理性が声を上げる。だがいくら頭で否定しても、心は稀早だと認めている。

悠貴はあえぎ、雪奈――雛田稀早を見つめた。

なぜ。どうして。何が起きたのか、なぜ黙ってた、どうしてこんなこと誰が知ってる何がいつどうして――――堰を切ったように疑問が溢れ、嵐のように渦巻く。

「なぜ私が生きているのか」

まるで疑問が聞こえたかのように稀早が囁いた。しかし、あとに続いた言葉は悠貴の想定を超えていた。

「この質問に答えられたら、全部教えてあげる。悠貴、考えて。私の身に何が起こったか。答えられないなら、話すことは何もない」

そう言って、悠貴に背を向けてベッドに潜り込んだ。それから発言したとおり、いくら声をかけても彼女は二度と口を開かなかった。

§

再び〈白石雪奈〉を訪ねたのは、二日後のことだ。午後の明るい光が窓辺の病床に降り注ぐ。十一月の中旬にしては暑いくらいだった。

白石雪奈——稀早は、リクライニングベッドの背に凭れて休んでいた。悠貴に気づくと、クッションを背中に入れて上体を高くした。

悠貴は先日と同じようにベッド脇の椅子に腰を下ろした。

病室は静かだった。他の入院患者は検査やデイルームに出ているようで二人の他に誰もいない。看護師が訪ねてくる気配もなかった。

風が窓ガラスを叩き、カタカタと細い音を立てる。静けさが戻った時、悠貴は重い口を開いた。

「一昨日はわけがわからなかった。稀早が生きてることに驚いたし、嬉しかった。聞きたいことが山ほどあったのに、あんな質問をして黙り込むなんて」

今思えば、稀早の取った行動は正しい。あの沈黙は悠貴に必要な時間だった。

死んだはずの友人が生存している。

現実を受け入れるのに胆力がいった。直接会って言葉を交わしたのに実感がない。本当に現実なのか、やはり何かの間違いではないか……。信じがたい事態を頭の中で何度も反芻し、時間をかけて、ようやく呑み込めた。

そうして初めて、純粋な喜びが心を満たした。

稀早が生きている！　そう思うだけで胸が熱くなり、感情が抑えられなくなった。

これほどの安堵と喜びを感じたことはない。夢のような奇跡に有頂天になった。

そして、あとには不気味な疑問が残った。

なぜ、稀早は生きているのか。

その身に何が起こり、どうして〈白雪〉になったのか——答えに行き着くのは難しくなかった。

問題はそこだ。聡明すぎる悠貴は容易く答えを見いだす。だから稀早は不穏な問いかけを残して口をつぐんだのだ。

一度に受け止めるには、この事実はあまりに重すぎる。

稀早がざらざらした声で囁いた。

「答え、わかったんだ」

「ああ」

「聞かせて」

請われるまま、悠貴は見いだした真相を明かした。

「雛田稀早は間違いなく亡くなった。三年前に葬儀をやったし、墓もある。雛田稀早という人間はこの世に存在しない」

「じゃあ、どうして私は生きてるの」

「……あの日、火災に巻き込まれたのは二人。白石雪奈が一命をとりとめ、雛田稀早が亡くなった。でも実際はそうじゃない。死んだのは雪奈だ」

二人のうち一人が亡くなった。それは動かしようのない事実だ。ここにいるのが稀早である以上、亡くなったのは雪奈だ。推理するまでもない、単純な話。

稀早は肯定も否定もしなかった。無言のまま、枕元に置いたタブレット端末に手を伸ばす。白い手袋をはめた指が、ぽつぽつとタッチスクリーンのキーを弾いた。

『長い時間、声が出せない。これで会話させて』

ディスプレイに表示された文章を読み、悠貴は頷いた。

一拍おいて、短い文が表示される。

『私は白石雪奈の名義で生きる雛田稀早ってこと？』

「そうだ」

『なんでそんなことが起きたの』

悠貴は言葉に詰まった。

答えはとうにわかっている。だが話すべきか躊躇した。

稀早の目は静かだった。

本人が答え合わせを望むなら、話をやめる理由はない。

悠貴は深く息を吸い、明瞭な声で告げた。

「当時、状況は混乱していた。校内で二人の生徒が火災に巻き込まれたが、放課後の学内に誰が残っていたか教員は把握していなかった」

被害に遭った生徒を特定すべく、全校生徒に連絡がいった。所在のわからないのは雛田稀早と白石雪奈だと判明したのは、事故発生から何時間も過ぎたあとだ。

「病院に搬送されたのは稀早と雪奈だとわかったが、そこまでだ。どちらが誰か、個人を識別するのは難しかった」

火傷のせいで、とは口に出さない。目の前の友人は頭の先からつま先まで一切肌を露出していない。今さら繰り返す必要のない言葉だ。

不意に悠貴の胸に苦いものが込み上げた。

性別や体格。稀早と雪奈を識別できる明らかな差異があれば、こんなことにならなかった。あるいは火傷が軽度だったら。どちらかの意識があれば――

そこまで思い、考えを打ち切った。仮定を言い出したら切りがない。

「身元をはっきりさせるのに、身体的特徴のわかるものが必要になった。口頭で説明できること、ＤＮＡの付着したもの、デンタルチャート――歯型の記録などだ」

稀早の指先がタッチスクリーンに触れた。

『私と白雪、同い年で身長もほとんど一緒だったからね。だから取り違えられた。病院のミスで』

「……確かにそういうことが起きる確率はある。だが病院の手違いなら速やかに訂正された。緊急手術でも輸血前に血液型や不規則性抗体検査が実施される。提供された情報と噛みあわなければ、取り違えに気づくだろ。入院中ずっと見過ごされるなんてありえない」

しかし取り違えは現実に起きた。そんなことが起こるとすれば可能性は一つ。

「提出された情報が間違っていたんだ。稀早の歯型として提供されたのは、雪奈のもの。私物もそっくり入れ替わっていた。……いいや、入れ替えられていたんだ」

それは恐ろしい意味を持つ。

決してあってはならない、口にするのも憚られる恐ろしい事実。

悠貴はついに核心を口にした。

「お前の姉――祥が、雪奈と稀早のデンタルチャートを入れ替えた」

声にすると言葉が鉛のように胸にのしかかった。

悠貴は奥歯が軋むほど強く噛みしめた。

あの日、祥は髪を振り乱して病院へ駆け込んできた。不安と恐怖に押し潰されそうな顔で、細い肩を震わせていた。ひどく脆くて、壊れてしまいそうだった。

当時の光景を思い出し、強い感情が胸を突き上げた。悠貴は固く目を閉じて、湧き上がる怒りと悲しみを呑み込んだ。

書類をすり替える。動作としては単純でも、それがどれほどおぞましい行為か祥は理解していたはずだ。

ぽつぽつとタブレット端末に文字を入力する音が悠貴の意識を現実に引き戻した。

『どうしてお姉ちゃんが？』

ディスプレイの文章を読み、答える。

「それができたのは祥以外にいない」

『詳しく』

悠貴は顔をしかめた。当事者の稀早がこの事実を知らないはずがない。話したところで傷口に塩を塗るだけだ。一体、何が知りたいというのか。

目を向けたが、ガーゼとネット包帯に覆われた稀早の表情を読むことはできなかった。悠貴は苦いものを感じながら話を続けた。

「祥は富田歯科でバイトしていた。富田歯科はヨゼフのかかりつけ医で、寮生全員のデンタルチャートがある。稀早と白雪の私物を用意したのも祥だ。祥はお前の姉で、白雪とは同室だったからな。祥だけが持ち物を入れ替える機会があった」

『わざとじゃないかも。パニックになって、病院に渡す時に間違えたとか』

「だったらなぜ祥は今も沈黙してる？　ただの手違いなら回復したお前に会って泣いて喜んだだろ、俺や巧にも必ず話したはずだ！」

語気が荒くなり、悠貴は唇を噛んだ。

今日に至るまで祥が沈黙していることこそ、犯行の裏付けだ。

物置の火災は偶然だった。突発的な事故に巻き込まれた稀早がこんな計画を立てられるはずもなく、聖と巧はこの事実すら知らない。

犯行は祥の単独。祥だけが稀早の生存を知っていた。

『動機は？』

ディスプレイに短い文章が表示された。

『なんでお姉ちゃんがそんなことするの。お姉ちゃん、私のこと大好きだよ』

続けて現れた文字に悠貴は顔が歪むのを抑えられなかった。

そのとおりだ。祥は妹思いで自分より稀早を優先した。稀早を大学にやりたいからと自分の進学を諦めるくらいだ。

だから、動機がわかる。

「………父親の事件のせいだろ」

悠貴は両手を組んでうなだれた。

「子どもの頃、聖と俺たちで聖堂に閉じ込められたことがあっただろ。あの時、話してくれたじゃないか」

――私のお父さん、人を殺したの。

ぽつりと呟いた少女の声は今も耳に残っている。

まだ小学六年生だった稀早が感情を押し殺し、懸命に話してくれた。

運送業をしていた稀早と祥の父親は過労が祟って対向車線を走るバスと衝突する事故を起こした。多くの死傷者を出した加害者に対し、世間のバッシングは凄まじかった。その非難は加害者家族にも向けられた。

稀早と祥は、家を追われ、姓を捨て、母親をも失った。

心を病んだ母の元を離れてヨゼフの寮に入ったことで、姉妹はようやく平穏な暮らしに戻ることができたのだ。だが、それも中学までだ。

「高校に進学して、稀早はまたいじめられるようになった」

新聞のコピーが張り出され、父親の事故はクラス中が知るところとなった。

『あの時は、悠貴と聖が助けてくれたよね』

中学二年生だった悠貴と聖は、それぞれのやり方でいじめの首謀者を黙らせた。それに気づいた稀早は烈火のごとく怒った。高校生相手にケンカして、悠貴と聖がけがをすることを恐れたからだ。

「……大したことはできなかったよ」

悠貴は呟いた。謙遜でも何でもなかった。事実、一旦は鳴りを潜めたいじめは些細なことでぶり返し、稀早を孤立させた。

ぽつぽつと人差し指がスクリーンキーを押す。

『〈天使の繭〉のことは仕方ないよ。悠貴のせいじゃない』

稀早のクラスメイトの恵比寿が危険ドラッグを所持しているところを教員に見咎められ、「雛田からもらった」と嘘を吐いたのだ。事実無根にも関わらず、同級生たちは稀早に疑いの目を向けた。

犯罪者の娘。そのイメージを払拭することはついにできなかった。

そして、これこそが祥が暴挙に出た最大の理由だ。

「祥は……これから先も父親の事件が影を落とすとわかっていたんだ」

特待生でさえ寮にいられるのは卒業まで。高校三年生の祥は就職を目指し、社会と関わる機会が増えていた。学校という閉じた世界から出た時、何を目の当たりにしたか、容易に想像がつく。

「事件の記録は消えない。ウェブ上に残り、風化することもない。いつ誰に知られ非難されるか。いや、非難ならましだ。見知らぬ人間からの誹謗中傷。就職先が知れば、取引先や世間体を気にして退職を促すかもしれない。住む場所や結婚にしても同じだ。事故を知られれば、一瞬で生活が終わる。その不安と恐怖は一生涯つきまとう。そんな生活、妹にもさせたいと思うか」

悠貴は一息に言い切り、深い溜息を吐いた。

「だが雪奈は違う。白石雪奈は母親に捨てられて寮に来た。犯罪歴のある近親者どころか身よりがない。クリーンな身分の持ち主だ。……あの火災の日、祥が病院に着いた時点では、稀早と雪奈の識別はつかない状況だった」

火傷で皮膚が腫れ、区別がつかなかったのだ。そして、一人は命を繋ぐ手術中で、一人は命を落とした。

――もし亡くなったのが白石雪奈なら、安全な身元が手に入る。

そんな悪魔の囁きを祥は聞いたのかもしれない。

最悪で絶望的な、チャンス。

悠貴は爪の痕が残るほど強く両手を握り合わせた。

「祥は衝動的にデンタルチャートを入れ替えた。正気じゃない、考えてやったこととは思えない……！」

三年前のあの日。窓の外が白み始めた病院の廊下で、医師が〈雛田稀早〉の死亡を告げた。祥はふらりと長椅子から立ち上がり、微笑んだ。

現実を拒絶するでも、医師を責めるでもなく。「うそだよ」と奇妙な顔で笑った。

妹の死を受け入れられないあまりの反応だと思った。おかしくなってしまったのだと。

だが、違う。あれはとっさの計画が上手くいったからだ。破滅と自由を手に入れたから、だから祥は笑ったのだ。

「正解」

ひび割れた声が穏やかに言った。

「でも、いっこ間違ってる。お姉ちゃんは全部わかってやったよ」

「……どういう意味だ？」

「私のいじめ、お姉ちゃんや巧に話さないでって頼んだの覚えてる？　あの時は自分が我慢すればいいって思ってた。お姉ちゃんは学年が違うから、いじめられる心配はない、私が黙ってればやり過ごせるって。…………でも間違い。お姉ちゃんの腕、痣だらけだったよ」

悠貴がぎょっとすると、稀早はタブレット端末を膝にのせた。時間をかけてできあがった文章を見て、悠貴は息を呑んだ。

『お姉ちゃん、ずっといじめられてた。私のいじめが始まった時期と同じだよ。お父さんの事故は私のクラス中が知ったんだから、学校に広まるのも当然だよね』

〈白石雪奈〉として目を覚ました時、初めて姉の現状を知ったことが綴られていた。そして、その現実が明るい未来を信じる祥の心を打ち砕いたことも。

『悠貴の言うとおりだよ。私たちは一生、犯罪者の娘。名前や住む場所を変えたって意味ない。死ぬまでずっと責められる。お姉ちゃんはそう悟った。だから、デンタルチャートをすり替えた』

画面をスクロールすると、文章が続いた。

『お姉ちゃん、病院で私に謝った。ごめんって、ぼろぼろに泣いてた。悪いことだってちゃんとわかってたよ。こんなチャンス二度とない、こんなことしたくなかったって。間違ってる、やってみる価値はある、絶対に失敗する……言ってることめちゃくちゃだった。それでも私と雪奈の情報を入れ替えずにはいられなかったんだよ』

祥はとうに追い詰められていたのだ。

一年と経たず卒業し、手荷物とわずかな支度金だけで社会へ放り出される。親も頼れる人もなく、住む場所と職を見つけなければならない。風邪をこじらせて寝込むようなことがあれば、あっという間に生活は破綻する。吹けば飛びそうな脆い基盤に加え、父親の起こした事故が暗い影を落とした。

悠貴がディスプレイを見つめていると、稀早がひび割れた声で言った。

「お姉ちゃん、まだ十八だった。たったの十八歳で、自分の人生と私の人生まで背負ってたんだよ」

魔が差したのだ。ぎりぎりの精神状態で、ふらりと足を踏み外し——最悪なほど上手くいってしまった。

だが、それも稀早が回復するまでの話だ。

悠貴は稀早を睨んだ。

「なぜ黙ってた？」

声を抑えたが、口調はきつくなった。

二日前、稀早と再会した時からずっと考えていた。

火災の直後、悠貴は病床の白石雪奈を訪ねている。あの日、底光りする瞳で悠貴を睨めつけたのは雪奈ではない、稀早だったのだ。

「三年前、俺が訪ねた時にどうして話さなかった？　俺や聖にまで隠す必要がどこにある⁉　声が出なくても伝える方法があっただろ、あの時、自分は稀早だと言ってくれたら――」

「〈わかば〉さんが誰か、もうわかった？」

しゃがれた声に遮られ、悠貴は虚を衝かれた。

「……なぜ今そんなことを訊く」

「必要だから」

苦い記憶が呼び覚まされ、悠貴は目をそらした。

「巧だ」

頼れる寮生のリーダーは祥と同じ三年生だった。卒業後の生活に不安を抱える一人でもある。だから悠貴たちは巧と祥にいじめを知られないよう注意を払っていた。

巧と稀早がすでに秘密を共有しているとも知らずに。

「〈わかば〉は偽名だ。巧は俺と聖を心配させないために架空の人を装って、稀早の相談に乗っていた」

「さすが悠貴」

ネット包帯から覗く口許が綻んだ。そして驚くべき言葉が続いた。

「じゃあ、あの火事で物置のドアを閉めたのが巧だって知ってる？」

「は……？」

稀早が乾いた目で囁いた。

「私は知ってるよ。なんで巧がドアを閉めたかも」

悠貴は声を失った。

その事実を悠貴が知ったのは、つい先日だ。〈わかば〉を捕らえるために琥珀色の危険ドラッグを調べ、ようやく真相に辿り着いたのだ。悠貴が三年かけて手に入れた真実を、稀早はずっと昔から知っていたというのか。

なぜ。いつ、どうやって。

悠貴の疑問が聞こえたかのように稀早は答えた。

「火事の数日後、巧がお姉ちゃんに話したんだ。〈雛田稀早〉が死んで、良心の呵責に耐えられなくなったんだろうね」

がつん、と頭を殴られたような衝撃が悠貴を襲った。

巧は祥がデンタルチャートを入れ替えたことを知らない。心根はまっすぐな巧のことだ、祥にすべてを打ち明けたに違いない。

　その推察が正しいことは、タブレット端末の文章ですぐに確認できた。

『巧は〈天使の繭〉を作った人を慕ってた。化学の柿園先生でしょ。恵比寿に危険ドラッグを渡したのはソーシャルワーカーの郁嶋。その人が勝手にやったんだってね』

　そのとおりだ。郁嶋のせいで〈天使の繭〉の存在は明るみになり、捜査の手が柿園に及ぼうとしていた。巧は〈わかば〉として稀早の相談に乗る一方、老教師の問題を解決しようと奔走していたのだ。

『巧は真剣に私の相談に乗ってくれた。その気持ちは嘘じゃない。巧は本気で私のいじめを解決しようとしてた』

　でも、と文字を打ったところで、稀早の手が止まった。

「巧は、私を裏切った」

　そう断じるのも当然だ。巧は稀早と柿園の両方を守ろうとして、最終的に柿園を守る道を選んだ。稀早を切り捨てたのだ。

「悠貴はどっち？」

　出し抜けに訊かれ、悠貴は目を瞬いた。稀早は低い声で繰り返した。

「悠貴は誰の味方なの」

「何の話だ？」

「琥珀色の危険ドラッグの関係者は巧だけじゃない、悠貴のよく知ってる人も関わってた」

悠貴は瞠目した。

「それ、どういうことだ」

巧以外にも関与した人間がいた？　それも俺の身近なところに？

素早く考えを巡らせたが、思い当たる顔はなかった。

琥珀色の危険ドラッグについては、当時も三年前の事件を解決した先日も徹底的に調査した。〈天使の繭〉、〈頭の良くなる薬〉、〈コハクのお守り〉――そのどの事件にも稀早の言うような人物は関与していない。

疑問の眼差しを向けると、稀早は目を細めた。

「……そうだね。悠貴は関係ないって、今ならわかる。でもあの時はわからなかった。どこまでが本当で、誰がうそつきか」

「さっきから何の話をしてるんだ？」

話が見えず尋ねると、稀早は答えを明かした。

「ヨゼフの学院長だよ。あの人は柿園と一緒にあの薬の研究をしてた」

「は？」

頭ごなしに否定するつもりはないが、疑問が先に立つ。

「どうして稀早がそんなことを知ってる？　巧から聞いたのか」

稀早は頭を振った。乾いた咳をしてタブレット端末に入力する。

『違う。学院長が学校で話してるのを聞いた』

「誰と？」

ややあってから表示された文面は、先ほどの繰り返しだった。

『悠貴のよく知ってる人』

一体、誰のことだ。そう問おうとした時、稀早が枕の下に手を入れた。出てきたものを見て、悠貴ははっとした。

オレンジ色の携帯電話だ。

三年前、中学生だった悠貴と聖が金を出しあって稀早にプレゼントしたものだ。

白い手袋をはめた手が慣れた手つきでボタンを操作する。稀早はベッド脇の棚からイヤホンを取ると、携帯電話に繋いで手渡した。

「その動画、聞いて。大事なのは会話。学院長とその人が話してる」

悠貴は片耳にイヤホンをはめ、動画を再生した。

映像は暗く、視覚情報は皆無に等しい。イヤホンから雑音にまじって声が聞こえた。

隠し撮りしたのだろう。音質は悪く、やや遠くから響いてくるようだった。低く野太い声は学院長だ。とうとうとしゃべる学院長に、もう一人の男が答える。

その声を耳にした瞬間、悠貴は凍りついた。

血の気が引いた。同時に稀早が繰り返した言葉の意味が痛いほど理解できた。

まばたきも忘れて動画に聞き入る。録画は盗み聞きを見咎められた稀早が慌てて逃げるところで終わっていた。

呆然として画面を眺めていると、視界にタブレット端末が差し出された。

『それを撮ったのは高一の一学期。火事のある二ヶ月前』

動画の日付を確認すると、間違いなく三年前の五月だった。

悠貴はイヤホンを外し、眼鏡の下に手を差し入れて目を押さえた。頭痛がした。

稀早が嗄れた声で囁いた。

「…………学院長と話してるの、悠貴のお父さんだよね」

確認されるまでもない。

『やあ、すっかりご無沙汰しましたな、時ヶ瀬さん！』

動画の中で、学院長は会話の相手をそう呼んだ。時ヶ瀬としか言っていないのだ、他の親族の可能性もある。だが、あの声を忘れたことなどなかった。

不快で忌まわしい、この世で最も唾棄すべき人間の声。

悠貴は低くうなった。

「そうだ、間違いなくあいつだ」

時ヶ瀬は聖ヨゼフ国際学院に多額の寄付をしている。悠貴が寮に入ったのもそうした経緯があったからだ。そこにどんな繋がりがあるか、考えたことがなかった。

繋がり。まさしく問題はその点だ。

脈動がどくどくと頭で鳴り響く。挨拶こそ親しげだったが、話の内容は剣呑なものだった。今し方耳にしたおぞましい会話が耳の奥で何重にもこだまする。

『我々が当時したことが明るみに出れば身の破滅では済まないんですよ、あなたの会社やグループもお終いだ。いいんですかこのままで、どれだけの損失になると』

まくし立てる学院長を、居丈高な声がぴしゃりと遮る。

「では放火して消すか、前回そうやって葬ったように」

放火して消す。あの男は、間違いなくそう言った。

どろりとした黒い感情が悠貴の中で蠢いた。

動画を撮った経緯と顛末を稀早に尋ねる。一つ確認するたび、心は虚ろになった。

稀早は状況を伝え終えるとタブレット端末を置き、ひび割れた声で囁いた。

「体育館そばの物置の火災と動画の会話……どれくらい関係あるのか、わからない。私が神経質になっただけかも。……でも、どうしても考えちゃうんだよ。あの火事は事故じゃなかった。結局、巧も利用されただけ。〈雛田稀早〉は時ヶ瀬の秘密を知ったせいで殺されたんじゃないかって」

稀早が学院長と時ヶ瀬の会話を盗み聞いたのは、ただの好奇心からだ。しかしその二ヶ月後、あの男の発言をなぞるように火災が起きた。

柿園。琥珀色の危険ドラッグ。火災。動画に記録された単語は偶然の一致とは思えないほど、稀早の身のまわりで起きたことと符合する。

そして稀早は、火傷に苦しむ病床で巧の裏切りを知った。

――悠貴は誰の味方なの。

――あの時の私はわからなかった。どこまで本当で、誰がうそつきか。

先ほど稀早が発した言葉の真意がようやくわかった。

「……だから稀早は、生きてることを隠して、〈白雪〉になったんだな」

助けを求めようにも、誰を頼ればいいかわからなかったのだ。

信頼を寄せる巧の裏切りは疑心暗鬼を招いた。巧を慕う悠貴と聖を見る目が変わったとしても無理からぬことだろう。加えて悠貴は時ヶ瀬の子息だ。

あの危険ドラッグに関わる、重要人物の息子。

虫酸が走った。悠貴は今この瞬間ほど、自分に流れる血を嫌悪したことはない。

「ばかだよね………自分でもそう思う」

悠貴は頭を振った。馬鹿げているとは微塵も思わなかった。

「あの男ならやりかねない」

そういう男だ。誰かが時ヶ瀬にとって不都合な事実を知ったなら、あの男は速やかに排除しただろう。いや、直接手を下したかどうかなど問題ではない。あの男は有罪だ。どんな形であれ、琥珀色の危険ドラッグに関わっていたのだから。

あの薬にまつわる事件さえなければ、祥が愚行に走ることも、巧が道を踏み外すこともなかった。稀早は今も〈雛田稀早〉として生きていられた。

あいつが、あの男が〈雛田稀早〉を殺した。

悠貴はその事実を噛みしめた。

怒りや悲しみはなかった。感情が芽生えるそばから消えていく。心にぽっかりと開いた穴に呑まれ、あとには何も残らない。

だがこの時、確かにそれは起こった。

痛みも慟哭もなく、とても静かに。悠貴の中で何かが死んだ。

§

午後五時。薄暮になってから病室の気温が下がったように感じられた。悠貴は闇に呑まれていく窓辺から手にしたティーカップに目を落とした。

紅茶が三分の一ほど残っている。美しい青バラの磁器を傾けると、明るいオレンジ色がきらきらと揺らめいた。太陽が沈んでも、まだ陽だまりが残っているみたいだ。

あたたかで優しいその色は、悠貴に誰かを想起させた。

今から三週間前——ダニエルに推理勝負を挑まれた時、悠貴の心はすでに決まっていた。身辺整理をするには良い機会だった。勝負を受けた理由はそれだけだ。

しかし不思議と思い出すのは、軽井沢で過ごした心地良い時間だった。

清澄な空気、厳しい寒暖差がつくる鮮烈な紅葉の色。四月に現れた女子大生はごく当たり前のように、いつもそこにいた。

あたたかなものを心に感じた時、無味乾燥としたものがそのぬくもりを呑み込んだ。

悠貴はティーカップをサイドテーブルに戻し、ベッドに座る女性を見た。

「そういえば白雪、どうしてブリキのかかしの噂を流したんだ？」

稀早とは呼ばない。再会して状況を認識してからは、特に気をつけていた。

誰がどこで聞いているか、わからないからだ。それに彼女は今のところ、白石雪奈でも雛田稀早でもない。おとぎ話の名を借りるのがふさわしい。

白雪はタブレット端末に入力した文章を悠貴に見せた。

『今の悠貴が、ブリキのかかしの話をした悠貴のままなら、きっと噂の意味に気づく。私を見つけてくれると思った』

でもまさか、と文章が追加される。

『悠貴が本当に探偵になってるなんてね』

白雪は毛布にくるまれた膝を抱え、くすくすと笑った。

「人脈を築いておきたかったんだよ」

〈わかば〉の正体を暴くという悲願もあったが、それだけではない。時ヶ瀬から自分の人生を取り戻すには、幅広い知識と盤石の態勢が必要だ。自身の能力を試す意味でも探偵業はうってつけだった。

タブレット端末に新たな文章が表示された。

『結局、私から電話しちゃったけどね』

踏切のところでかかってきた非通知の電話のことだ。

「ずいぶんタイミングがよかったな」

『ヨゼフに行ったでしょ？　それでわかった。悠貴が三年前の事件を解決したって聞いて、悠貴は味方だって確信できたし』

文章に目を通していると、白雪のかすれた声が響いた。

「ねえ……本当にいいの？」

ガーゼとネット包帯の奥に覗く瞳は真剣だった。

「何が？」

「始めたら、引き返せない」

悠貴は溜息を漏らした。

「そんなこと気にしなくていい。これは俺の問題だ」

稀早に対する罪悪感や義憤が皆無だとは言わない。だが自分を突き動かす衝動がどこから来るものか、はっきり認識していた。

悠貴の半生は、時ヶ瀬に押さえつけられたものだった。

ある晴れた日に訪れた災いを今も鮮明に覚えている。

店にやってきた見知らぬ人は、悠貴が大手企業の子息だと告げ、一方的に引き取りを求めた。生まれ育った上倉家から出ていくなど想像もできなかった。真紘も祖父も到底受け入れられないと拒否した。

結果、小さな喫茶店はあっという間に廃業寸前に追い込まれた。

営業妨害、嫌がらせ。祖父は体を壊して寿命を縮め、真紘は大学を中退して将来も手放した。

子どもだった悠貴は何もできなかった。ちっぽけで、無力だった。そして自分が真紘たちを窮地に追いやっていると理解できないほど、愚かでもなかった。

心が冷たくなった。

自分はいてはいけない人間だとわかったからだ。

もう、真紘たちと一緒にいられなかった。

その時から悠貴の心には穴が開いている。境遇を呪ったが、誰にぶつけることもできない。押し殺すしかない感情は穴から抜け落ちて、悠貴の精神を平静に保った。

身柄が時ヶ瀬の保護下に移ったといえば聞こえはいいが、実態は監視だ。

成績、立ち居ふるまい、社交性――自分の行動に点数がつけられていることを悠貴は見抜いていた。監視の目は無数だ。教員や同級生、偶然知り合った人の中にさえ、時ヶ瀬へ情報を流す者がいる。

すぐに感情を隠すのが上手くなった。誰かの不評を買えば、いつ矛先が真紘と祖父に向くかわからない。

悠貴には心の自由すらなかった。

息苦しい生活を強いられながら、時ヶ瀬の満足する人物を演じ続ける。笑いたくないのに笑い、上辺だけの言葉を心からの真実かのように語る。

逃れようのない状況をやりすごすために毎日自分を殺した。心に開いた穴から感情を放り出し、からっぽにする。無害な人形を演じ続けた。

五年だ。十歳から中学を卒業するまで、屈辱的な境遇に耐えるほかなかった。時ヶ瀬の目を欺くことに成功した今も監視の目は完全にはなくならない。

――時ヶ瀬の名を穢(けが)すような素行不良があっては困る。

――婚外子を政治利用されては面倒だ。

そんなつまらない理由で、ひとの人生を踏みにじる。真紘や祖父の人生まで壊しておきながら、あの男は自分にその権利があると疑わず、良心の呵責もない。

そして、琥珀色の危険ドラッグだ。

「悠貴」

白雪が気遣わしげな目で悠貴を見ていた。

その顔はまっさらなガーゼとネット包帯に覆われている。声は老婆のように嗄れ、地肌を執拗に隠し、隠れるように生きてきた。

痛ましい友人を前に悠貴の心は静かになった。

悠貴はもう子どもではない。無力でも、じっと耐えるだけの弱者でも。

「……約束する。時ヶ瀬のしたすべてを明らかにして、必ず終わらせる」

悲しみ、痛み、嘆き、苦悩、憤怒（ふんぬ）、憎しみ——行き場を失った感情は、悠貴も気づかないところで淀み、澱（おり）となり、どす黒い何かに変わり果てていた。

その暗く淀んだ感情が穴から溢れ、からっぽの胸を満たしていく。黒く塗り潰された心は静謐（せいひつ）で、あらゆる感情の雑音を呑み込んだ。

望むは、時ヶ瀬の破滅。

湧き上がる純粋で暗い喜びに悠貴は薄く嗤（わら）った。

あとがき

どの巻からでもご自由にお読みくださいでお馴染みだった『オーダーは探偵に』シリーズもついにクライマックスシーズンに突入しました。

本巻はシリーズ全体への解答編です。この巻から読むと、よくわからないことになりますのでご注意くださいませ。


さてさて、シリーズ全体にちりばめたあれやこれやを、ようやく回収することができました。「悠貴はどうしちゃったの？」とか「結局、あの話ってどうなったの？」など、メインストーリーの謎にも答えられたかと思います。

内容を忘れていても楽しめるように工夫を凝らしましたので、これから本編を読まれる方は安心してお楽しみください。そして読み終わった直後のあなた。

心中、お察しします……！　わかります、おっしゃりたいことはだいたい見当がつきます、これからの展開ですよね！

じつは今作を書き始める前、担当編集の三木(みき)さんからこう助言をもらいました。

「シリーズを完結させるには広げた風呂敷(ふろしき)をたたまないといけません。時間もページ数も通常の一・五から二倍はかかると思ってください」

経験に基づく言葉は重みが違います。恐ろしいなと思いましたが、最初に助言をもらえたおかげで、気を引き締めて執筆にかかれました。

それに私も無策ではありません。長期シリーズに見切り発車はつきもの。本筋がブレないよう全体の構成や完結までのプランは組んであります。言うなれば一人駅伝です。過去の私から未来の私へ、十巻の物語を紡いできました。刊行ペースを大きく崩さずに完結できるでしょう。

ではここで一年半前に私が担当さんに提出した最終巻の設計図の一部を紹介します。謎解き要素や伏線が複雑に絡む本作は緻密な計算が必要です。文庫本で三十数ページに及ぶあらすじの重要部分は、大抵こんな言葉で締められていました。

『ジャストアイデアです』『○○が××した、とか？』『とりあえず、だいたいこんなことしたいんだな、と伝われば幸いです！』

ちょおお、あな――ていうか私だ！　過去の私!!　びっくりするくらい雑！

フッ、所詮は大枠よ、きっちり詰めたところで登場人物が作者の都合で動いてくれるわけないでしょうが、と昨日の私が申しております。

おわかりいただけたでしょうか。

作者、大ピンチです。

駅伝だと思って参加したら、遙か彼方から飛んできたロングパスのボールが顔面に直撃した気分です。

さらに悪いことに本巻で悠貴が作者の手の外へ飛び出していきました。これが一番の想定外で、本当にすごく困っています。

こういう状況でして、本巻で完結するはずが設計図の半分ほどのところで刊行となりました。担当さんの予測どおり、きっちり二倍！

今後の展開？　私が教えてほしいくらいです……。


いろいろ想定外で暗中模索の状態ですが、「大丈夫」という気持ちもあります。

『オーダーは探偵に』には、きっちり二倍の時間と労力がかかると見越せる頼れる担当さんがいて、サポートしてくれる編集者の宮崎さん、素晴らしい表紙で私のやる気を呼び覚ますおかざきおかさんがついています。

そして、悠貴と美久がいます。

二人ならこの難局を乗り越えられるはず。二人が積み重ねた関係が、きっと物語を希望のあるものへ変えてくれると信じています。

これから最後の物語へ向かいます。
大嫌いから始まった悠貴と美久の物語をどうか見届けてくださいね。

近江泉美（おうみいずみ）

本書は書き下ろしです。

メディアワークス文庫

オーダーは探偵(たんてい)に

失(うしな)われた絆(きずな)にひとしずくの謎解(なぞと)きを

近江泉美(おうみいずみ)

2019年6月25日　初版発行
2024年12月15日　8版発行

発行者　山下直久
発行　株式会社KADOKAWA
〒102-8177　東京都千代田区富士見2-13-3
0570-002-301（ナビダイヤル）
装丁者　渡辺宏一（有限会社ニイナナニイゴオ）
印刷　株式会社KADOKAWA
製本　株式会社KADOKAWA

●お問い合わせ
https://www.kadokawa.co.jp/（「お問い合わせ」へお進みください）
※内容によっては、お答えできない場合があります。
※サポートは日本国内のみとさせていただきます。
※Japanese text only

※定価はカバーに表示してあります。

Printed in Japan
ISBN978-4-04-912630-3 C0193

メディアワークス文庫　https://mwbunko.com/

本書に対するご意見、ご感想をお寄せください。

あて先
〒102-8177　東京都千代田区富士見2-13-3
メディアワークス文庫編集部
「近江泉美先生」係

メディアワークス文庫

死去してしまった担当人気作家。
その『遺言』を胸に、
編集者は出版業界に
無謀な戦いを挑む！

雨ときどき、編集者

近江泉美
イラスト◎おかざきおか

出版不況にあえぐ大手出版社『仙葉書房』。そこに勤める中堅文芸編集者・真壁のもとに、一通の手紙が舞い込んだ。それは、新人時代からいがみ合いながら共に成長してきた担当作家・樫木重昂からの『遅れてきた遺言』。

「真壁、俺の本を親父に届けてくれ――」

樫木の父親は生粋のドイツ人。日本文学は読むことができないため、作品を翻訳する必要があった。真壁は『遺言』を胸に、超マイナー言語である日本語で書かれた『名作』を、世界に羽ばたかせる決意をする。出版業界と翻訳業界の狭間で東奔西走する文芸編集者の苦悩、その行く末は……!?

発行●株式会社KADOKAWA

絶対城先輩の妖怪学講座　一～十一

峰守ひろかず

**怪奇現象のお悩みは、文学部
四号館四階四十四番資料室まで。**

　妖怪に関する膨大な資料を蒐集する、長身色白、端正な顔立ちだがやせぎすの青年、絶対城阿頼耶。白のワイシャツに黒のネクタイ、黒の羽織をマントのように被る彼の元には、怪奇現象に悩む人々からの相談が後を絶たない。

　季節は春、新入生で賑わうキャンパス。絶対城が根城にしている東勢大学文学部四号館四階、四十四番資料室を訪れる新入生の姿があった。彼女の名前は湯ノ山礼音。原因不明の怪奇現象に悩まされており、資料室の扉を叩いたのだ——。

　四十四番資料室の妖怪博士・絶対城が紐解く伝奇ミステリ登場！

メディアワークス文庫

なるほどフォカッチャ
ハリネズミと謎解きたがりなパン屋さん

鳩見すた

“フォカッチャ”が導く
おいしい謎解き物語。

「人の秘密はそっとしておかなければならないんです。膝の上に乗ったハリネズミみたいに」

いつも無表情な麦さんは“ささいな謎”を愛する、ちょっと不思議なパン屋の店員さん。

彼女の貴重な笑顔に一目惚れして以来、毎日せっせと謎を探しお店を訪ねる僕。パンとコーヒーと“ハリネズミ”とともに、今日も僕らのおいしい謎解きが始まる——。

“なるほどフォカッチャ”。それは「僕と彼女」を結び、「日常の謎」を紐解く魔法の合言葉。